講談社文庫

金貸し権兵衛

鶴亀横丁の風来坊

鳥羽 亮

講談社

もくじ

金貸し権兵衛――鶴亀横丁の風来坊

第一章　借金

1

おしげが、風間彦十郎に声をかけた。

「風間さま、お茶漬けですよ」

おしげが手にしている盆の上に、お茶漬けの入った丼と小鉢が載っていた。小鉢には漬物が入っているらしい。

「済まんな。今ごろ、起きてきて」

彦十郎が照れたような顔をして言った。

戸口の腰高障子には明るい陽の色があった。五ツ（午前八時）を過ぎているのではあるまいか。昨夜、彦十郎は近所の飲み屋で、遅くまで飲んだため、寝過ごしてしまったようだ。

「風間さまが朝寝坊をするのは、いつものことですからね」

おしげは笑みを浮かべ、彦十郎の膝先に丼と小鉢が載せてある盆を置いた。小鉢のなかには、薄く切った茄子(なす)の漬物が入っていた。

おしげは、四十代半ばである。色白で、太っていた。饅頭(まんじゅう)に目鼻をつけたような顔をしている。どう見ても美人とはいえないが、愛嬌(あいきょう)があった。

彦十郎とおしげがいるのは、口入れ屋、増富屋(ますとみや)の帳場の奥の座敷(ざしき)だった。彦十郎は、増富屋の居候だった。二階のあいている部屋で、寝起きしている。

口入れ屋は、仕事を雇う側と雇われる側の間にたって世話をし、双方から相応の金銭をとる。口入れ屋は、人宿、肝煎所、請宿などとも呼ばれていた。

彦十郎は二十代半ばだった。御家人の次男坊だが、兄が嫁を貰(もら)ったため、家に居辛(いづら)くなって増富屋に居候するようになったのだ。

「うまそうだな」

彦十郎は、さっそく丼を手にした。

彦十郎は面長で鼻筋がとおり、切れ長の目をしていた。なかなかの男前なのだが、無精髭(ぶしょうひげ)が生え、髷(まげ)も乱れているので、貧乏牢人(ろうにん)のように見える。

「飲み過ぎると、体を悪くしますよ」

おしげは彦十郎の脇に座り、彦十郎の食べっぷりを見ている。

彦十郎がお茶漬けをほぼ食べ終えたとき、表の帳場の方から、増富屋のあるじの平兵衛と娘のお春が顔を出した。

「お邪魔しますよ」

そう言って、平兵衛は彦十郎の前に座った。

平兵衛は五十がらみだった。痩身で面長。顎がしゃくれている。太っている女房のおしげと並ぶと、二人の顔は満月と三日月のように見える。

どういうわけか、お春も平兵衛の脇に座り、心配そうな顔をして彦十郎に目をやっている。

平兵衛は彦十郎がお茶漬けを食べ終えるのを待ち、

「風間さま、小間物屋の長助さんのことを知ってますか」

と、声をひそめて訊いた。

「知っているが……」

長助は、小間物屋をひらいていた。増富屋から鶴亀横丁を一町ほど行った先に店がある。あまり目立たない小体な店である。

増富屋や小間物屋がある横丁は、鶴亀横丁と呼ばれていた。横丁の入口の両側に、鶴屋という質屋と亀屋という古着屋があったことから、鶴亀横丁と呼ばれるようになったらしい。

ところが、いまは鶴屋と亀屋はなくなり、そば屋と一膳めし屋にかわっている。鶴亀横丁は、浅草西仲町にあった。浅草寺門前の広小路とも近いので、参詣客や遊山客も流れてくる。その横丁の出入口にある店として、質屋や古着屋はふさわしくなかった。客が人目に触れることを敬遠することもあって、商売がたちゆかなくなり、つぶれてしまったのだ。

平兵衛はチラッとお春に目をやってから、

「三日前ですが、長助さんがこの店に金を借りにきたのです」

と、眉を寄せて言った。お春の前で話していいものか、迷ったらしい。

「金を借りにきただと」

彦十郎は、聞き返した。増富屋は口入れ屋で、金貸しではなかった。よほどのことがなければ、金を借りにこないだろう。

「は、はい。だいぶ困ったらしくて」

平兵衛が眉を寄せて言った。

「小間物屋は、左前だったのか」

　彦十郎が訊いた。

「繁盛しているようには、見えませんでした。馴染みの客はついているようでしたが
……」

　平兵衛が首をひねった。

「それで、金を貸したのか」

「てまえは、金貸しではありませんので、渋っていたのです。すると、一両でもいいから、都合してくれ、と頼まれましてね」

「貸したのか」

「はい、二両お貸ししました」

　平兵衛は眉を寄せ、いっとき口をつぐんでいたが、

「どうも、長助さんは、商売とは他のことで金に困っていたようです」

　と、彦十郎に顔をむけて言った。

　そのとき、黙って聞いていた娘のお春が、

「わたし、昨日、おはまさんと会って話を聞いたんです」

　と、身を乗り出して言った。

お春は、十三歳だった。父母のどちらに似たのか、色白で可愛い顔をしている。ただ、一人っ子で甘えて育ったせいであろう。まだ、子供のようなところがあった。

お春が口にしたおはまは、長助の一人娘だった。確か、お春よりひとつ年上のはずである。

「お、お店に、男が三人入ってきて、お金を返せと言って、長助さんに詰め寄ったそうです」

お春が、声を震わせて言った。

「それで、どうした」

彦十郎が訊いた。

「長助さんは、もうすこし待ってくれ、と言ったようです」

お春が、おはまから聞いた話によると、三人の男は長助にしばらく暴言を吐いていたそうだが、「今度来たときに、金を返さなければ、娘を連れていく」と言い残して帰ったという。

「どうやら、長助は質の悪い金貸しから借りたようだ」

彦十郎が、平兵衛たち三人に目をやって言った。

2

おしげは、彦十郎がお茶漬けを食べ終えたのを目にし、

「みんなに、お茶を淹れましょうね」

と言って、立ち上がった。

おしげが、座敷から出ていってすぐだった。増富屋の戸口に走り寄る音がし、店の帳場の近くから、

「風間の旦那！　いやすか」

と、猪七の声が聞こえた。

猪七も、鶴亀横丁の住人である。猪七はかなりの年配だった。若い頃、岡っ引きだったが、いまは飲み屋をやっている女房の手伝いをしていた。その女房の店も、鶴亀横丁にある。

これまで、彦十郎は猪七といっしょに、鶴亀横丁で起こった横丁の難事や事件にかかわってきた。増富屋が口入れ屋ということもあって、仕事を探して男たちが出入りしていたし、彦十郎が武士で、剣の腕がたったからである。

「何かあったようだ」

彦十郎が立ち上がった。

彦十郎が店の表にむかうと、平兵衛とお春がついてきた。猪七は、増富屋の戸口近くに立っていた。戸口から店に入ると、狭い土間があり、正面が座敷になっていた。そこが仕事の斡旋(あっせん)の場であり、帳場でもあった。

「どうした、猪七」

すぐに、彦十郎が訊いた。

「長助が、首をくくって死にやした!」

猪七の目がつり上がり、声は昂(たかぶ)っていた。

「なに、首をくくって死んだと」

彦十郎の声が、大きくなった。その場にいた平兵衛とお春は、息を呑(の)んだ。お春は、顫(ふる)えている。

「店の裏手で、死んでやしてね。近所の連中が集ってまさァ」

猪七が言った。

「行ってみよう」

彦十郎は、ともかく現場を見てみようと思った。

「てまえも、行きましょう」

平兵衛が言うと、

「わ、わたしも、行く」

お春が声を震わせて言った。

「お春、家にいなさい。見ない方がいい」

平兵衛が困惑したような顔をした。

「わたし、おはまさんに会うだけ」

お春が、涙声で、「おはまさんが、可愛そう」と言った。

「店には入らず、おはまさんと会うだけだよ」

平兵衛が、優しい声で言った。平兵衛にとって、お春は可愛い一人娘であった。それで、甘過ぎることもある。

「おはまさんと話すだけ」

お春が言った。

「それなら、いっしょに来なさい」

戸口で、そんなやりとりをしているところに、おしげが姿を見せた。慌てているらしく、急須を手にしたままだった。

平兵衛は、小間物屋の長助が首をくくって死んだことをかいつまんで話し、

「これから、小間物屋へ行くので、店番をしてくれ」

と言い残し、お春を連れて、彦十郎たちといっしょに店を出た。


小間物屋の前まで行くと、店先に人だかりができていた。鶴亀横丁の住人が多いようだが、浅草寺から流れてきたと思われる参詣客や遊山客らしい者の姿もあった。いずれも、顔を強張(こわば)らせている。

平兵衛たちは店の前まで行くと、足をとめた。その場に集っている者たちの間から店内を覗(のぞ)くと、顔を見知った近所の住人の姿があった。長助が亡くなったことを聞いて、駆け付けたらしい。

「あっしが、様子を訊いてきやす」

猪七が、すぐに店のなかに入った。

猪七は店のなかにいる者たちと何やら話していたが、いっときすると平兵衛たちの許(もと)に戻ってきた。

「店のなかは、ごたごたしているので、脇から裏手にまわってくれと言ってやした」

猪七が平兵衛たちに話したとき、

「おはまさんは、どこにいるの」

と、お春が涙声で訊いた。

「この店の娘は、奥にいたな。待ってくれ。すぐに連れてくる」

そう言い残し、猪七は慌てて店のなかに入った。

待つまでもなく、猪七は娘をひとり連れて戻ってきた。両手で顔を覆い、しゃくり上げている。おはまらしい。

お春はすぐにおはまに身を寄せ、

「おはまちゃん。可愛そう……」

と、涙声で言って、うなだれているおはまの肩に手を添えた。

すると、おはまはお春に体をむけ、額をお春の肩につけるようにして泣き出した。おはまもしゃくり上げ、二人して泣いている。

「てまえは、ここにいます」

平兵衛が、お春のそばに立ったまま言った。

彦十郎と猪七は、店の脇を通って裏手にまわった。裏手は、狭い空き地になっていた。隅に梅の木があり、その木のまわりに男たちが集っていた。女がひとり、梅の木のそばに立っていた。女は両手で顔を覆っている。長助の女房のお勝である。

彦十郎と猪七が近付くと、集っていた男たちが身を引き、その場をあけてくれた。梅の木の根元近くに男がひとり、仰向けになって横たわっていた。脇に、首を吊ったらしい縄が置かれている。

男は首を横に傾げ、カッと両眼を見開いていた。縊死した長助である。長助は四十がらみだった。中背で痩せている。彦十郎は長助と話したことはなかったが、横丁を歩いているとき、何度か顔を合わせていたので、すぐに長助と分かったのだ。

「どうして、こんなことになっちまったんだ」

猪七が、顔をしかめて言った。

すると、小間物屋の斜向かいで八百屋をしている伝助が、

「借金を苦にしたようでさァ」

と、涙声で言った。

「そんなに、金に困っていたのか」

彦十郎が訊いた。

すると、伝助のそばにいた下駄屋の親爺が、

「ちかごろ、金に困っていたようでさァ。一年ほど前から、飲み歩くようになったせいかも知れねえ」

と、声をひそめて言った。近くにいた女房のお勝に気を使ったらしい。

彦十郎たちは小間物屋の前に戻り、集っていた近所の男たちと話してから、お春を連れて店先から離れた。現場にとどまっても、彦十郎たちのやることはなかったのだ。近所の住人たちが、葬儀の仕度や店の片付けなどはしてくれるだろう。

3

長助の葬儀を終えた十日後、彦十郎は遅い朝めしを食べた後、二階の部屋で横になっていると、階段をせわしいそうに上がってくる足音がした。その足音は、彦十郎のいる部屋の前でとまり、

「風間さま、起きてるの」

と、お春の声が聞こえた。

「起きてるぞ。入ってくれ」

彦十郎が声をかけると、すぐに障子があいてお春が顔を出し、

「猪七さんが、みえたの。すぐに、来て」

そう言いながら、お春は部屋のなかに目をやった。彦十郎が寝起きしている部屋の

様子が気になるのだろう。

部屋の中にはまだ夜具が敷かれ、衣桁(いこう)に掛けられた羽織(はおり)が、だらしなく脇に垂れ下がっていた。

「すぐ、行く」

彦十郎は、慌てて部屋から出た。お春に部屋のなかを覗かれ、何か言われたくなかったのだ。

彦十郎が階段を下りていくと、お春は後ろからついてきた。階段を下りてすぐ狭い板間になっていたが、猪七はその前に立っていた。猪七のそばに、平兵衛の姿もあった。心配そうな顔をしている。

「小間物屋に、ならず者たちが来てやす！」

猪七が、彦十郎の顔を見るなり言った。

「何人だ」

「三人でさァ」

「何をしているのだ」

「店の小間物を集めていやす。持っていくつもりらしい」

猪七が、足踏みをしながら言った。小間物屋のことが気になるようだ。

「借金の形に持っていく気だな」

　彦十郎は驚かなかった。長助は自害したが、借金は残っているはずだ。金を貸した者が、そのままにしておくとは思えなかったのだ。

「小間物も、たいした物は残ってねえんで」

「うむ……」

　彦十郎は、首を吊った長助の死体を見にいった日、店のなかに並べられた小間物も目にしていた。簪、櫛、莨入などがわずかに並べられていただけだった。

「娘を連れていくかも知れねえ」

　猪七が、彦十郎に身を寄せて言った。

「なに、娘を」

　彦十郎の声が大きくなった。亡くなった長助の娘のおはまは、器量がよかった。吉原か、女郎屋にでも売れば、相応の金が得られるはずだ。

　そのとき、猪七と彦十郎のやりとりを聞いていたお春が、

「おはまさんを、助けてやって！」

　と、声を震わせて言った。

「ともかく、様子を見にいってみよう」

長助が、どこでどれほどの金を借りたのか知らないが、彦十郎もおはまを助けてやりたかった。

彦十郎と猪七は、増富屋を飛び出した。すこし走ると、小間物屋の前の人だかりが見えた。ただ、思ったより人数は少なかった。近所の者や通りすがりの者であろう。十数人が、小間物屋近くの路傍に立っている。

彦十郎たちが近付くと、野次馬たちのなかで、「風間さまだ！」「猪七さんも、いっしょだぞ」などという声が聞こえた。彦十郎たちのことを知っている鶴亀横丁の住人たちらしい。

彦十郎が店のなかを覗くと、二人の男の姿が見えた。二人は、布袋を手にしていた。棚に飾ってある小間物を入れているらしい。

そのとき、彦十郎は男の怒声と女の泣き声を耳にした。泣き声の主は、娘のおはまであろう。

「待て！」

彦十郎は声を上げ、店内に踏み込んだ。

狭い店内に、二人の男が立っていた。二人は、棚の小間物を布袋に入れている。その二人のそばにいたお勝が、「やめてください」と涙声で訴えていた。ただ、男たちが怖いらしく、近寄れないでいる。おはまの泣き声は、お勝の背後から聞こえてきた。


浅黒い顔をした男が、店に踏み込んできた彦十郎たちを見て、

「なんだ、てめえたちは！」

と、怒鳴った。

「横丁に住む者だ。おまえたちは、盗人（ぬすっと）か」

彦十郎が声高に言った。

「盗人じゃァねえ。おれたちは、貸した金を返（けえ）してもらいにきたのよ」

浅黒い顔の男が、嘯（うそぶ）くように言った。

するとと、もうひとりの男が、

「証文もあるぜ。……それとも、旦那たちが、貸した金を返してくれやすかい」

と言って、薄笑いを浮かべた。

「長助が借りた金は、どれほどだ」

彦十郎は、浅黒い顔の男が兄貴格とみて訊いた。

「二十両ほどですがね。利子もかさんでるんでさァ」

「借りた金は、返せぬ。だが、借りた長助は首をくって死んだ。おまえたちの取り

立てが厳しく、どうにもならなくなって死んだらしい。それで、借金は帳消しだな」

彦十郎が、二人の男を睨みすえて言った。

「冗談じゃァねえ。勝手に首を括りやァがって。御蔭で、あっしらは盗人みてえな真似までしなけりゃァならねえ」

浅黒い顔の男は、また棚の小間物を布袋に入れ始めた。

そのとき、「助けて!」というおはまの声が聞こえた。店の奥にいた遊び人ふうの男と、おはまの姿が見えた。男は、嫌がるおはまを奥の座敷から店に引き摺り出そうとしている。

「おはまを、どうするつもりだ」

彦十郎が、刀の柄に右手を添えて訊いた。

「娘にも、親の借金を返してもらうんでさァ」

浅黒い顔の男が言った。

……吉原にでも売るつもりか!

彦十郎の胸に強い怒りが湧いた。

「そんなことは、させぬ」

言いざま、彦十郎は抜刀し、浅黒い男の左の二の腕にむかって斬り付けた。素早い太刀捌きである。

ワッ、と声を上げ、男は手にした布袋を取り落とし、後ろによろめいた。男の左袖が裂け、あらわになった左の二の腕に血の色があった。ただ、皮肉を浅く切り裂かれただけである。彦十郎は、あえて布袋を落とす程度に斬ったのだ。

「次は、首を落とす！」

彦十郎は、男の喉元に切っ先を突き付けて言った。

「た、助けて！」

男は恐怖に顔を引き攣らせた。

「斬られたくなかったら、娘にも小間物にも手を出さず、すぐに立ち去れ！」

「仕方ねえ」

男は後ろを振り返り、「帰るぞ」と仲間に声をかけ、手にした布袋を床に置いた。憤怒と恐怖の入り交じったような顔をしている。

男は彦十郎と猪七の背後を擦り抜けるようにして店から路地に出た。これを見た他の二人も、手ぶらのまま外に出た。

「覚えてろ！　このままじゃァすまねえぞ」

男が、捨て台詞を残して走りだした。他の二人も、慌てた様子で後を追っていく。

小間物屋のまわりで固唾（かたず）を飲んで見ていた男たちのなかから、喝采と彦十郎に対する称賛の声が起こった。

彦十郎は、店の奥で身を寄せあって震えているお勝とおはまに近付き、

「安心しろ。ならず者たちは、追い払ったからな」

と、声をかけた。

「あ、ありがとうございます」

お勝が声を震わせて言った。おはまは、両手で顔を覆って嗚咽（おえつ）を洩（も）らしている。

4

「どうだ、小間物屋の様子は」

彦十郎が猪七に訊いた。

彦十郎と猪七の二人で、小間物屋に踏み込んできた男たちを追い払って三日経（た）っていた。彦十郎は小間物屋のことが気になっていたのだ。

「ここに来る途中、小間物屋を覗いてみやしたがね。いつもどおり店をひらいてやしたよ」

猪七によると、小間物を買いにきた客の姿もあったという。

彦十郎と猪七は、増富屋の帳場にいた。その場に平兵衛もいたが、帳場机を前にして帳簿を繰っていた。口入れ屋の仕事をしているらしい。

「そうか。親子二人で、何とか暮らしていけそうだな」

彦十郎はほっとしたが、胸の内には一抹の不安があった。借金取りが、このまま小間物屋から手を引くとは思えなかったのだ。

「金貸しは、何か別の手を打ってくるかも知れませんよ」

平兵衛が口を挟んだ。口入れ屋の仕事をしながら、彦十郎と猪七の話を聞いていたらしい。

「おれも、そうみている」

彦十郎が言った。

そのとき、増富屋の戸口に走り寄る複数の足音がした。見ると、二人の男が店に飛び込んできた。

彦十郎は、二人の男を知っていた。八百屋の伝助と隣の足袋屋の亀造(かめぞう)である。

「大変だ！」

伝助が声を上げた。

「どうした」

彦十郎は、傍らに置いてあった大刀を手にして立ち上がった。

「また、小間物屋に押し入ってきやした！」

伝助が荒い息を吐きながら言った。走ってきたせいらしい。

「ならず者たちか」

彦十郎は、三日前に小間物屋に来た者たちだろうと思った。

「に、二本差しが二人もいやす！」

「なに、武士が二人いるだと」

どうやら、ならず者たちは彦十郎がまた駆け付けるとみて、武士を二人連れてきたらしい。

「風間さま、どうします」

平兵衛が、心配そうな顔で訊いた。

「神崎に頼もう」

彦十郎は、神崎弥五郎に助太刀を頼もうと思った。

神崎も、鶴亀横丁に住む牢人だった。長屋に妻と二人で住んでいる。懐が寂しくなると、増富屋に姿を見せて仕事を探し、何とか暮らしをたてている。神崎も、剣の遣い手だった。これまでも、神崎は彦十郎と二人で横丁の難事にかかわり、始末をつけたことがあった。

「あっしが、神崎の旦那に話してきやす」

そう言い残し、弥七が店から飛び出した。

「おれたちは、小間物屋だ」

彦十郎は、伝助と亀造とともに小間物屋にむかった。

小間物屋の前に、人だかりができていた。これまでより、集っている者たちは多いようだが、ほとんど鶴亀横丁の住人だった。小間物屋の騒動が、住人たちに知れ渡ったせいだろう。

その人だかりのなかから、「風間さまだ！」、「また、ならず者たちを、追い払ってくれるぞ」などという野次馬たちの声が聞こえた。

小間物屋の店先に、三人の男が立っていた。三日前に来た浅黒い顔の男と、牢人体の武士が二人である。店のなかにも何人かいるらしく、男の怒声と女の悲鳴が聞こえた。悲鳴の主は、お勝かおはまであろう。

彦十郎は、二人の牢人からすこし間をとって足をとめた。ひとりでは迂闊(うかつ)に近付けなかったのだ。

二人は小袖を着流し、大刀一本を落とし差しにしていた。二人とも長年荒（すさ）んだ牢人暮らしをつづけたらしい。身辺に荒廃した感じが漂っていた。

……遣い手だ！

彦十郎は、大柄な男を見て感じとった。腰が据わり、身辺に隙がなかった。それに真剣勝負で何人も斬っていることを思わせる凄（すご）みがあった。

もうひとりは、中背の男だった。こちらもそこそこの遣い手らしいが、大柄な男ほどではない。

「どうした、そこでつっ立っているだけか」

中背の牢人が、揶揄（やゆ）するように言った。

彦十郎は、迂闊に近寄れないと思った。二人を相手にしたら、後れをとるかも知れない。

そのとき、彦十郎の脇にいた伝助が、

「神崎さまだ！」

と、声を上げた。

彦十郎が振り返ると、走ってくる神崎と弥七の姿が見えた。神崎は小袖に袴（はかま）姿だった。牢人だが、大小を帯びている。

神崎はまだ若く、二十代半ばらしい。面長で、切れ長の目をしていた。端正な顔立ちである。ただ、何となく暗い感じがした。牢人で、長屋暮らしのせいかも知れない。出自は旗本らしかったが、はっきりしない。神崎は、自分のことを話したがらなかったのだ。

神崎は彦十郎のそばに駆け寄ると、

「店の前にいるやつらか」

すぐに、訊いた。

「そうだ。店のなかにも、別の男がいるらしいが、武士は店先にいる二人とみていい」

彦十郎が、小間物屋の店先に目をやって言った。

「大柄な男は、遣い手のようだ」

神崎が低い声で言った。

「おれが、やつとやる」

彦十郎は、二人の牢人を目にしたときからそう決めていたのだ。

「おれは、もうひとりだな」

神崎が言った。

5

彦十郎と神崎は、ゆっくりとした足取りで小間物屋の店先にむかった。

すると、店先にいた二人の牢人が、前に出てきた。彦十郎たちを迎え討つ気らしい。二人の牢人につづいて、遊び人ふうの男が二人、後ろからついてきた。二人の牢人に、加勢するつもりであろうか。

彦十郎は、大柄な牢人の前に立った。神崎は、彦十郎から五間ほど離れて足をとめた。二人が、十分刀をふるえるだけの間をとったのだ。

彦十郎と大柄な牢人との間合は、三間半ほどあった。かなりの遠間である。二人とも相手を警戒し、間を広くとって対峙したのだ。

彦十郎と大柄な牢人は左手で刀の鯉口をきり、右手を柄に添えていたが、すぐに刀を抜かなかった。お互いが、刀の柄に手を添えたまま相手を見つめている。

「うぬの名は」

彦十郎が訊いた。

「名乗るつもりはない」

言いざま、大柄な牢人は抜刀した。

すかさず、彦十郎も抜いた。二人は、青眼に構え合った。二人とも腰の据わった隙のない構えである。

彦十郎は、神道無念流の遣い手だった。牢人暮らしを始める前まで、剣術道場で稽古に励んだのだ。

彦十郎は、御家人の次男坊だった。風間家を継ぐことのできない彦十郎は、剣術で身をたてようと思い、九段下にあった斎藤弥九郎の練兵館に通い、連日激しい稽古に取り組んだ。この頃、九段下の練兵館は、江戸の三大道場のひとつに数えられるほどの名門だった。

その練兵館で連日稽古に励み、二十歳を過ぎた頃には神道無念の遣い手として知られるようになった。

ところが、彦十郎は練兵館をやめてしまった。そのまま他の道場には通わず、剣術の稽古もやらなくなった。理由は、兄が家を継いで嫁を貰ったために、家に居辛くなったことがある。それに、剣術がいかに強くなっても出仕の道はなく、かといって自分で道場を建てるほどの金もない。それで、練兵館に通う気が失せたのである。

彦十郎は家を出たが行き場がなかった。やむなく、長屋に住み、増富屋に出入りして仕事を探し、何とか口を糊していた。

そのようなおり、増富屋に二人のならず者が乗り込んできて、

「この店が世話した仕事で、腕を怪我した。腕の怪我が治るまで、暮らしていける金を出せ！」

と言って、脅した。

その場に居合わせた彦十郎は刀を抜き、一瞬の間に二人の男を峰打ちで仕留めて店から追い出した。

これを見た平兵衛は、彦十郎の腕に感嘆し、

「しばらく、二階のあいている部屋で、寝泊まりしてもらえませんか」

と、頼んだ。平兵衛は逃げた男の仕返しが怖かったのだ。それに、二階の部屋があいていたこともある。

「めしを食わせてもらえるのか」

すぐに、彦十郎が訊いた。連日、めしの仕度をするのが、いかに大変なことか、身に染みていたのだ。

そうした経緯があって、彦十郎は増富屋の二階の部屋に住むようになったのである。

彦十郎と大柄な牢人の間合は、およそ三間半――。かなりの遠間である。

二人は、相青眼に構えたまま全身に気勢を込め、斬撃の気配を見せて気魄で攻め合っていた。

「いくぞ!」

牢人が声をかけ、スッと切っ先を下げた。

青眼から下段に構えなおしたのだ。その剣尖が、彦十郎の臍の辺りにつけられている。

……高い下段だ!

彦十郎は、胸の内で声を上げた。牢人の構えは、通常の下段より高かった。しかも、剣尖に臍の辺りに迫ってくるような威圧感があった。

彦十郎も牢人の下段の構えに対応するために、剣尖を牢人の胸の辺りに下げ、わずか腰を沈めた。

その彦十郎の動きに合わせるかのように牢人が動いた。趾を這うように動かし、ジリジリと間合を狭めてきたのだ。

彦十郎は、牢人の剣尖がそのまま臍の辺りに迫ってくるような威圧感を覚えた。だが、彦十郎は身を引かなかった。全身に激しい気勢をこめ、斬撃の気配を見せて敵を攻めた。気攻めである。

一足一刀の斬撃の間境まで後、一歩――。

彦十郎がそう読んだとき、ふいに牢人の寄り身がとまった。このまま斬撃の間境を越えるのは、危険だと察知したのかも知れない。

牢人は全身に激しい気勢を込め、斬撃の気配を見せると、

イヤアッ！

突如、裂帛(れっぱく)の気合を発し、体を躍らせた。

刹那、牢人の切っ先が突き出された。槍(やり)の穂先のような神速の突きである。

咄嗟(とっさ)に、彦十郎は身を引きざま刀を振り下ろした。牢人の突きを叩(たた)き落(お)とそうとしたのだ。

カキッ、という金属音がひびき、牢人の切っ先が下がった。その切っ先は、彦十郎の腿(もも)の辺りをかすかにとらえた。

次の瞬間、二人は大きく後ろに跳んだ。お互いが敵の二の太刀を恐れたのである。

二人は、ふたたび間合をひろく取って青眼と下段に構え合った。彦十郎の小袖の腿の辺りが、わずかだが縦に裂けていた。咄嗟に、彦十郎が身を引いたので、肌を斬ら

れずに済んだらしい。

「下段突き、よく躱（かわ）したな」

牢人が薄笑いを浮かべて言った。だが、彦十郎にむけられた双眸（そうぼう）は、笑っていなかった。刺すような鋭いひかりを宿している。

……恐ろしい突きだ！

と、彦十郎は思った。あと、一寸（ちょっと）、牢人の切っ先が伸びていたら、下腹を突き刺されていただろう。

6

神崎は、もうひとりの中背の牢人と対峙していた。神崎は八相、牢人は青眼に構えている。

神崎の八相の構えは隙がなく、腰が据わっていた。大きな構えで、上から覆いかぶさってくるような威圧感があった。

二人の間合は、およそ三間――。まだ、斬撃の間境の外である。

二人は斬撃の気配を見せ、気魄で攻め合っていたが、神崎が先（せん）をとった。

「いくぞ！」

と声をかけ、神崎は足裏を摺(す)るようにしてジリジリと間合を狭めていった。

対する中背の牢人は、動かなかった。剣尖を神崎の目線につけて、斬撃の気配を見せている。

神崎は全身に気魄を込め、すこしずつ間合を狭めていった。

斬撃の間境まで一間――。あと、半間――。二人の間合が狭まるにつれ、神崎の全身に斬撃の気が高まってきた。

神崎が斬撃の間境まであと一歩に迫ったときだった。

イヤアッ！

突如、牢人が甲走(かんばし)った気合を発して斬り込んできた。

一歩踏み込みざま、青眼から袈裟(けさ)へ――。

刹那、神崎は一歩身を引いて、牢人の切っ先を躱すと、すかさず突き込むような小手をみまった。一瞬の太刀捌きである。

神崎の切っ先が、牢人の右の前腕をとらえた。

次の瞬間、牢人は大きく後ろに跳んで、神崎との間合を大きくとった。神崎の二の太刀を恐れたようだ。

牢人の右の前腕が縦に裂け、血が流れ出た。見る間に、前腕が赤い布を張り付けたように血に染まっていく。だが、命にかかわるような傷ではない。

ふたたび、神崎と牢人は八相と青眼に構えて対峙した。だが、牢人の切っ先がかすかに震えていた。斬られた右腕に力が入らないためらしい。顔には、狼狽の色があった。このままだと、神崎に斬られるとみたのだろう。

二人の間合は、三間ほどあった。まだ、斬撃の間境の外である。先をとったのは、神崎だった。八相に構えたまま摺り足で、牢人との間を狭め始めた。

牢人は後じさり、神崎に間合をつめさせなかったが、ふいに足をとめた。

「勝負、預けた！」

叫びざま、牢人は素早く後じさり、神崎との間合があくと、反転して走りだした。逃げたのである。

神崎は牢人の後を追わず、対峙している彦十郎と大柄な牢人に目をやった。二人は、まだ青眼と下段に構えて対峙していた。

大柄な牢人は、仲間の牢人が逃げたのを見て、

「いずれ、決着をつける」

と声をかけ、後ずさって彦十郎との間合を更にひろく取ると、反転して走りだし

た。抜き身を手にしたまま仲間の牢人の後を追っていく。

彦十郎は、牢人の後を追わなかった。逃げ足が速かったこともあるが、小間物屋のなかにいるお勝とおはまが気になった。

彦十郎と神崎が小間物屋の方に歩きかけたとき、小間物屋の戸口近くにいた遊び人ふうの男が、

「山村の旦那と佐々崎の旦那が、逃げたぞ！」

と、叫んだ。逃げた二人の牢人は、山村と佐々崎という名らしい。

戸口にいた男の声で、三人の男が小間物屋のなかから飛び出してきた。そして、戸口にいた男といっしょに、彦十郎たちから逃げるように走りだした。

彦十郎と神崎は逃げる男たちにはかまわず、小間物屋のなかに入った。お勝とおはまのことが気になったのである。

お勝とおはまは、小間物を並べてある店の奥の座敷にいた。二人とも、蒼ざめた顔で身を顫わせていた。

「大事ないか」

彦十郎が、二人に訊いた。

「は、はい」

お勝が声を震わせて言った。

「あいつら、また金を取りに来たのか」

「そ、そうです。金がないなら、おはまを連れていくと言って……」

お勝が、おはまの手を握りながら、「風間さまたちが助けてくれたから、大丈夫だよ」と涙声で言った。

「まったく、執念深いやつらだ」

彦十郎が言った。

「ただの金貸しではないな。……金の取り立てにしては、大勢過ぎる。それに、腕のたつ武士が二人もいたぞ」

神崎は首をひねった。

「確かにそうだ」

彦十郎は、お勝に目をやり、

「長助から、どこで金を借りたか聞いているか」

と、訊いた。長助は子分の大勢いる親分のような男から、金を借りたのではないか、と彦十郎はみたのだ。

「東仲町と聞きました」

「東仲町のどこだ」

浅草東仲町は、鶴亀横丁のある西仲町の隣町だが、ひろいので町名だけでは探しようがない。

「どこか、聞いてませんが、料理屋で飲んだとき、お金が足りなかったので借りたと話してました」

お勝が眉を寄せて言った。

「金を借りたのは、一度だけか」

彦十郎が訊いた。料理屋の飲み代が足りないので、借りただけならそれほど大金ではないだろう。

「二度、借りたと言ってました」

「二度か」

飲み代の不足分を二度借りただけなら、それほどの大金ではないはずだ、と彦十郎は思った。ところが、その借金を取り立てるために、何人もの男が押し込んできた。そして、長助が自害するまで執拗（しつよう）に取り立てたのだ。しかも、金を借りた本人が死ぬと、残された家族に金を返せと迫り、娘のおはままで連れていこうとした。

「それで、長助が借りた金はどれほどだ」

彦十郎が、声をあらためて訊いた。

「か、借りたのは、二十両のようですが、利息がついて、倍の四十両ほどだと……。四十両の大金は返せません」

お勝が、涙声で言った。

「借りたのは、いつごろだ」

「三月ほど前だそうです」

「それにしても、わずか三月で借りた金の倍とはな」

ひどい高利貸しだ、と彦十郎は思った。

7

彦十郎たちが小間物屋から高利貸しの一味を追い払った翌日、増富屋の帳場の奥の座敷に五人の男女が集っていた。男は、彦十郎、神崎、猪七、平兵衛の四人。女は、お京(きょう)ひとりである。

お京は、鶴亀横丁で紅屋をひらいていた。紅は口紅のことで、紅花を練り固めたものである。貝殻や焼き物の小皿などに塗って売っていた。女相手の商売である。

お京は年増で、なかなかの美人だった。亭主はいなく、老いた母親と二人で鶴亀横丁に住んでいる。お京は若い頃掏摸(すり)だったという者もいるが、はっきりしたことはだれも知らない。

お京は、鶴亀横丁で住人の絡んだ事件や揉め事(もめごと)などが起こると、彦十郎たちといっしょに行動することがあった。お京は小間物屋の騒ぎを耳にし、様子を訊くために増富屋に来ていたのだ。

「神崎さまとお京さんに手を貸してもらえれば、こんな心強いことありません」

平兵衛が目を細めて言った。

「それで、御助料(おたすけ)は出るのか」

神崎が訊いた。

彦十郎たちは他人の難事に手を貸し、相応の金を貰うとき、その金を御助料と呼んでいた。

彦十郎は、増富屋でめしの仕度をしてくれるので、食うには困らなかったが、神崎は違う。長屋で妻女と二人で住んでいた。金が入らないと、暮らしていけないのだ。

「いまのところ、どこからも出ません」

平兵衛が言った。

「出ないのか」

神崎は戸惑うような顔をした。

「どうでしょう。てまえが、一日一分、小間物屋のお勝さんに替わって、出しておきますよ。お勝さんに、頼まれたわけではありませんが、てまえたちがやっていることは、小間物屋さんのためですからね」

平兵衛が平然として言った。

「小間物屋は、どこからか金の入る見込みがあるのか」

彦十郎が、身を乗り出すようにして訊いた。

「存じませんが、長助が死んだのは、金貸しのせいです。金はいくらでもあるはずです。てまえが立て替えた分は、何か理由をつけて金貸しに出してもらいますよ」

平兵衛は言った。

「うむ……」

平兵衛は、金貸しに負けないしたたかな男だ、と彦十郎は思った。

平兵衛と彦十郎が口をとじると、

「金貸しは、やくざの親分かも知れないよ。子分が大勢いるようだもの。向こうも、何か手を打ってくるよ」

お京が、男たちに目をやって言った。お京は、小間物屋で起こったことをひととおり耳にしているようだ。

「風間の旦那たちが、追い払ったんだが、これで、やつらが小間物屋から手を引くとは思えねえ」

猪七が言うと、その場に集った者たちもうなずいた。

「こちらは、どう手を打ちますか」

平兵衛が、声をあらためて訊いた。

「まず、金貸しがだれなのか、つきとめることだな」

神崎が言った。

つづいて口をひらく者がなく、座敷が静寂につつまれたとき、

「長助が金を借りたのは、東仲町らしい。お勝の話だと、長助は料理屋で酒を飲み、金が足りなくて借りたとのことだ。東仲町の金貸しを手分けしてあたればいい」

彦十郎が、座敷にいる者たちに目をやって言った。

「そうだな」

神崎も同意した。

その場で、彦十郎と猪七、神崎とお京が組み、二手に分かれて金貸しにあたること

になった。

「嬉しいねえ。神崎の旦那といっしょに浅草の町を歩けるなんて」

そう言って、お京が上目遣いに神崎を見た。

神崎は無表情だった。虚空に目をやっている。

彦十郎たち四人で相談し、東仲町の浅草寺の雷門近くを中心に神崎とお京がまわり、彦十郎と猪七は、田原町寄りを探ることになった。

「出かけるか」

彦十郎が腰を上げた。東仲町は鶴亀横丁のある西仲町の隣町なので、これから出かけても、長助が金を借りた金貸しの居所を探る時間はあるだろう。


彦十郎は増富屋を出ると、鶴亀横丁を歩きながら、

「猪七、どの辺りから探る」

と、声をかけた。

「田原町を歩きまわるより、訊いた方が早え」

猪七が言った。

「金貸しのことを訊く当てはあるか」

通りすがりの者を呼び止めて、訊くわけにはいかない、と彦十郎は思った。

「東仲町で、あっしの知り合いの重六（しげろく）ってえ男が、飲み屋をやってやす。そいつに、訊いてみやすか」

猪七によると、重六は若い頃浅草寺界隈（かいわい）で幅を利かせていた遊び人だったという。いまは、歳（とし）をとって女房と二人で飲み屋をやっているそうだ。

「重六に訊いてみよう」

彦十郎も、浅草寺界隈のことを知っている者に訊いた方が早いと思った。

猪七は東仲町に入ると、表通りを浅草寺の方にむかった。その辺りは浅草寺が近いせいもあって、参詣客や遊山客などが行き交っていた。通り沿いには、料理屋や料理茶屋などもあった。

猪七は表通りをしばらく歩くと、料理屋の前に足をとめ、

「そこの路地を入（へえ）った先に、重六のやってる飲み屋がありやす」

と言って、料理屋の脇を指差した。

狭い路地だが、行き交うひとの姿は多かった。路地沿いには、飲み屋、小料理屋、そば屋などが並んでいる。浅草寺の門前通りから、流れてきた者たちらしい。

「ここから、すぐでさァ」

猪七が、先にたって路地に入った。

8

彦十郎と猪七が路地に入って一町ほど歩くと、猪七が路傍に足をとめ、

「その店でさァ」

と言って、斜向かいにある小体な店を指差した。

縄暖簾を出した飲み屋だった。店先に「さけ」とだけ、大きく書いた赤提灯がぶら下がっていた。客がいるらしく、店のなかから男の濁声や哄笑が聞こえてきた。

「あっしらも、一杯やりやすか」

猪七が目を細めて訊いた。

「いいな」

彦十郎と猪七は、縄暖簾をくぐった。

土間に飯台が置かれ、男が二人、腰掛け替わりの空樽に腰をかけて酒を飲んでいた。二人とも年配だった。浅草寺に参詣にきた帰りに立ち寄ったのかも知れない。

「だれか、いねえかい」

猪七が声をかけた。

すると、右手の奥の板戸があき、すこし腰の曲がった男が顔を出した。浅黒い顔で、ギョロリした目をしている。

「いらっしゃい」

男は目を細めて声をかけたが、顔に戸惑うような表情があった。彦十郎が武士だったからだろう。武士の客は、滅多にこないにちがいない。

「重六、おれだよ。猪七だ」

猪七が声をかけた。

「ああ、猪七か」

重六の顔がやわらいだ。

「こっちの旦那は、おれが、世話になってるお方だ」

猪七が彦十郎に顔をむけて言った。

彦十郎は、ちいさくうなずいただけで、何も言わなかった。

「酒を頼むぜ。肴(さかな)は、すぐに出せるものでいいや」

猪七はそう言うと、あいていた飯台に彦十郎を連れていって、空樽に腰を下ろした。そこは土間の隅で、二人の客のいる場からすこし離れていた。

重六は板場に戻り、いっときすると酒と肴を運んできた。肴は、冷や奴と炙ったするめである。

猪七は、重六が銚子と猪口、それに肴を飯台に置くのを待って、

「おめえに、訊きてえことがあって来たのよ」

と、声をひそめて言った。

二人の客は、猪七と重六に関心はないらしく、浅草寺の門前の広小路のことを話していた。参詣客らしく、人通りが多いのに驚いているようだ。

「この辺りに、金貸しはいねえかい」

猪七は、更に声をひそめて訊いた。

「金貸しだと！」

重六が驚いたような顔をし、「おめえ、金がねえのかい」と言って、猪七を上目遣いに見た。

「おれじゃァねえ。……この旦那の知り合いがな、この辺りの金貸しに金を借りてひどい目にあったらしいんだ」

猪七が慌てて言った。

すると、彦十郎が重六に、

「金を借りたのは、知り合いの酒好きの男だがな。料理屋で酒を飲み、金が払えなくなって近くに住んでいた金貸しに、借りたらしいのだ。ところが、あまりに利子が高く、返せなくなって困っているのだ」

彦十郎は、借りた男が首を吊って死んだことや金貸しの手先が借りた男の家に取りに来て、娘まで連れていこうとしたことなどは話さなかった。

「その金貸しには、子分が何人もいるらしいんだが、おめえ、知らねえかい」

猪七が、彦十郎に代わって訊いた。

重六はいっとき虚空を睨むように見据えていたが、

「権兵衛(ごんべえ)かも知れねえ」

と、声をひそめて言った。

「権兵衛には、子分もいるのかい」

すぐに、猪七が訊いた。

「いる。権兵衛は、ただの金貸しじゃァねえからな。浅草寺界隈を縄張(しま)にしている親分だよ」

重六が話したことによると、権兵衛は金貸しだけでなく、浅草寺の境内(けいだい)や門前通りなどの露店や物売りなどから所場代(しょば)をとったりしているという。

「権兵衛には、子分が大勢いるのだな」

彦十郎が念を押すように訊いた。

「いやす」

「権兵衛が金貸しをしている住処は、どこにある」

彦十郎は、まず権兵衛の居所をつきとめようと思った。

「表通りに出て、広小路の方へ歩きやすと、通り沿いに白粉屋がありやす。その店の斜向かいにありまさァ」

「そうか」

彦十郎は、ともかく金貸しをしている家に行ってみようと思った。

それから、小半刻（三十分）ほど飲んで、彦十郎と猪七は腰を上げた。

彦十郎たちは飲み屋を出ると、重六が話したとおり表通りに出てから浅草寺の門前にひろがる広小路にむかった。

表通りをしばらく歩いたとき、

「風間の旦那、そこに白粉屋がありやすぜ」

猪七が道沿いにある白粉屋を指差して言った。

店先で、二人連れの娘と店の主人らしい男がなりやら話していた。店先に、髪油の看板も出ていた。白粉だけでなく髪油も売っているらしい。

「あれが、権兵衛が金貸しをしている家か」

彦十郎が、白粉屋の向かいにある仕舞屋を指差した。

仕舞屋は通りからすこし間を引っ込んだところにあり、まわりを黒板塀でかこわれていた。造りは妾宅を思わせるが、大きな家だった。部屋数は多く、子分たちも寝起きしているのではあるまいか。

その家と並んで料理屋があった。二階建ての料理屋で、何人もの客がいるらしく、いくつかの座敷から男たちの談笑の声や嬌声、それに三味線の音などが聞こえてきた。

「長助が飲んだのは、あの料理屋ではないか」

彦十郎が店を指差して言った。お勝は、長助が料理屋で飲んだとき、払う金が足りなくて近くの金貸しのところで借りたらしいと話していたのだ。

「そうかも知れねえ」

猪七は、隣の家の前まで、行ってみやすか、と小声で言い添えた。

彦十郎と猪七は、通行人を装って、黒板塀でかこわれた仕舞屋に近付いた。通りに面したところに吹き抜け門があったが、門扉はあいたままになっていた。金を借りに来た客が自由に出入りできるようになっているようだ。

家の正面は、格子戸になっていた。戸口の脇に将棋の駒の形をした看板がぶら下がっていた。「質」という文字が書かれている。

「おい、表向きは質屋を装っているようだぞ」

彦十郎が、声をひそめて言った。

「質草はなくとも、金を貸すにちげえねえ。それも、高利で」

猪七が歩きながら言った。

彦十郎と猪七は、仕舞屋から一町ほど歩いてから路傍に足をとめた。

「家のなかから話し声が聞こえたな」

彦十郎は、家のなかの男たちの話し声を耳にしたのだ。何を話しているか分からなかったが、町人の言葉遣いであることは知れた。

「子分たちがいるにちげえねえ」

猪七が言った。

「横丁を襲った者たちも、ここに出入りしているとみていいな」

「どうしやす」

「二人だけで、踏み込むわけにはいかないな」

彦十郎が言った、家のなかに何人いるか分からないし、鶴亀横丁で顔を合わせた腕の立つ牢人がいるかも知れない。猪七と二人だけでは、太刀打ちできないだろう。

「出直しやすか」

猪七が小声で訊いた。

「神崎たちと相談してからだな」

彦十郎と猪七は来た道を引き返し、鶴亀横丁にむかった。今日のところは、このまま帰るつもりだった。

第二章　首魁（しゅかい）

1

風のない穏やかな日だった。秋の陽が、通りを照らしている。彦十郎、神崎、猪七、お京の四人は、浅草東仲町の通りを浅草寺にむかって歩いていた。浅草寺から流れてきた参詣客や遊山客が、秋の陽射し（ひざし）のなかを行き交（ゆきか）っている。

彦十郎たちは権兵衛が金貸しをしている家を見張り、話の聞けそうな者が姿を見せたら取り押さえるつもりだった。捕らえた男から話を聞き、権兵衛や子分たちのことを摑（つか）むためである。

「権兵衛は、その家にいるのか」

歩きながら、神崎が彦十郎に訊いた。

「分からん。まず、それを聞き出すつもりだ」

彦十郎は、権兵衛の居所をつきとめるとともに、子分たちが何人いるかも知りたかった。子分たちの人数によっては、家に踏み込んで権兵衛を押さえることができるかも知れない。

そんな話をしながら歩いているうちに、彦十郎たちは黒板塀でかこわれた家の見えるところまで来た。

「あれが、権兵衛が金貸しをしている家だ」

彦十郎が指差し、家のなかから子分たちらしい男の声が聞こえたことや戸口に質屋の看板が出ていることなどを話した。

「通行人を装って、家の前を通ってみるか」

彦十郎が言った。

「行ってみよう」

そう言って、神崎は黒板塀でかこわれた家に目をやった。

彦十郎たち四人は、すこし間をとって歩いた。そして、家の前の吹き抜け門のところまで来ると、すこし歩調を緩めたが、足をとめずに通り過ぎた。家にいる者に気付かれないように、通行人を装ったのである。

彦十郎たちは、家の前から一町ほど歩いて路傍に足をとめた。その辺りは通り沿いにある店に視界を遮られ、黒板塀でかこわれた家からは見えないはずである。

「権兵衛の子分たちが、いるようだ」

彦十郎が言った。家の前を通るとき、家のなかから男の声が聞こえたのだ。話の内容は聞き取れなかったが、言葉遣いから町人だと知れた。

「武士もいたぞ」

神崎が、家のなかから武家言葉を遣う男の声が聞こえたことを話した。神崎が通りかかったとき、家にいた武士が何か口にしたのだろう。

「あっしは、女の声を聞きやしたぜ」

猪七が言った。

お京も、女の声を聞いたと言い添えた。

「子分たちが何人かいて、武士もいたとなると、家に踏み込むのは無理だな」

下手をすると、返り討ちに遭う、と彦十郎は思った。

「どうする」

神崎が訊いた。

「家を見張り、子分が出てきたら捕らえて様子を訊くか」

彦十郎は、親分の権兵衛と同じ家にいる者なら権兵衛はもとより、子分たちのことも知っているとみた。

「それがいいね」

お京が言った。

彦十郎たちは来た道を引き返し、黒板塀で囲われた家の前を通り過ぎ、通り沿いにある白粉屋の脇に身を隠した。

彦十郎たちが身を隠して、一刻（二時間）ほど過ぎたが、黒板塀で囲われた家から、だれも出てこなかった。

「出てこねえなァ」

猪七が、うんざりした顔で言った。

「もう、昼を過ぎている。そろそろ出てきてもいい頃だがな」

彦十郎が上空に目をやって言った。陽は西の空にまわりかけていた。八ツ（午後二時）ごろではあるまいか。

「おい、出てきたぞ！」

ふいに、神崎が言った。

見ると、吹き抜け門から男がひとり出てきた。遊び人ふうの男である。小袖を尻っ男は、浅草寺門前の広小路の方へむかっていく。遊び人ふうの端折りし、両脛をあらわにしていた。

「やつを押さえよう。家から離れてからがいい」

彦十郎が、その場にいる三人に言った。

神崎とお京が先にたち、彦十郎と猪七がすこし間をとってつづいた。

男は、浅草寺門前の広小路の方へむかっていく。

白粉屋から一町ほど離れると、神崎とお京が足を速め、通りの隅を通って男を追い越した。男は神崎とお京を目にしたはずだが、歩調を変えなかった。神崎たちを通行人と思ったのだろう。

彦十郎と猪七も足を速め、男の背後に迫った。そして、男から十間ほどに近付いたとき、前に出た神崎とお京が踵を返した。二人は、足早に男に近付いてくる。

ふいに、男の足がとまった。神崎とお京が反転して、自分に迫ってきたのを目にしたようだ。男は後ろに体をむけた。神崎たちから逃げようとしたらしい。

だが、男はその場に棒立ちになったまま動かなかった。目の前に迫ってくる彦十郎と猪七に気付いたのだ。

男は周囲に目をやって逃げ場を探したようだが、その場に立ったままだった。ふいに、男は懐に手をつっ込んだ。匕首を取り出そうとしたらしい。

これを見た彦十郎は抜刀し、刀身を峰に返して男に急迫した。

男は懐から匕首を取り出し、身構えようとした。そのとき、彦十郎がスッと男に身を寄せ、

「遅い！」

と、言いざま、刀身を横に一閃させた。神速の太刀捌きである。

彦十郎の峰打ちが、男の腹を強打した。

グッ、という呻き声を上げ、男は手にした匕首を取り落とし、両手で腹を押さえてうずくまった。

「こいつを連れていくぞ」

彦十郎が、神崎と猪七に声をかけた。早く、その場から離れたかった。通行人が路傍に立って、好奇の目をむけていたからだ。騒ぎ立てる者がいるかも知れない。

彦十郎たちは表通りを避け、人影の少ない裏路地をたどって鶴亀横丁に捕らえた男を連れていった。

2

彦十郎たちは、捕らえた男を増富屋の裏手にある納屋に連れ込んだ。そこは、捕らえた男の尋問や監禁しておく場所として使われることがあった。男から話を聞くのは、増富屋の奥の座敷でもよかったが、拷訊することになると、そのやりとりがおしげとお春の耳にもとどくのだ。

納屋には明かり取りの窓があったが、なかは薄暗かった。土間の隅に古い家具や帳簿類を入れた木箱などが積まれ、埃をかぶっていた。

彦十郎たちは、捕らえてきた男を戸口近くの土間に座らせた。男は蒼ざめた顔で、身を顫わせている。

「おまえの名は」

彦十郎が男の前に立ち、

と、訊いた。

男は彦十郎を見上げ、戸惑うような顔をしたが、

「源助で」

と、小声で言った。

「源助、質屋の看板がかかった家から出てきたな」

「…………」

源助はいっとき口をつぐんでいたが、「へえ」と応え、ちいさくうなずいた。隠すようなことではないと思ったのだろう。

「あの店は質屋でなく、金貸しをしている権兵衛の家だな」

彦十郎は、権兵衛の名を出して訊いた。

「質屋でさァ」

源助が首をすくめて言った。

「看板は質屋だが、権兵衛の家だ。そこで、金貸しをしているはずだぞ」

彦十郎が語気を強くした。

源助は、視線を膝先に落としたまま何も言わなかった。

「おまえが、あの家から出てきたとき、権兵衛はいたのか」

「いやせん」

源助が顔を上げて言った。

「いなかったのか」

彦十郎が念を押した。

「へい」

「権兵衛はどこにいるのだ」

「知りやせん。親分は、他にも浅草寺の近くに店を持ってやして、どこにいるか、あっしらのような三下（さんした）には、分からねえんでさァ」

源助の顔に自嘲するような表情が浮いたが、すぐに消えた。

「どんな店だ」

「質屋か料理屋でさァ」

源助がとぎれとぎれに話したことによると、権兵衛は浅草を縄張にしている親分で、質屋をしている他に、息のかかった者に料理屋をやらせているという。おそらく、質屋はおもてむきで、金貸しをしているにちがいない。

それに、権兵衛は浅草寺の界隈の物売りや出店などから所場代をとっているそうだ。

「大物だな」

彦十郎は、厄介な相手だと思った。ただ、権兵衛に恐れをなして手を引けば、おはまとお勝を助けることはできないし、下手をすれば権兵衛の手が鶴亀横丁にも伸びてきて、増富屋や他の店も権兵衛に所場代を払う羽目になるかも知れない。

彦十郎が口をとじると、

「あっしから、訊いてもいいですかい」

そう言って、猪七が彦十郎の脇に立った。

「訊いてくれ」

彦十郎は、身を引いた。

「源助、おめえのいた家には、仲間が何人かいたな」

猪七が源助を見据えて訊いた。

「へえ」

源助は、首をすくめるようにうなずいた。

「何人いた」

「あっしを除いて、六人でさァ」

「大勢だな。六人のなかに、二本差しもいたな」

「いやした」

「ひとりかい」

「二人でさァ」

源助は、二人とも牢人だと話した。

そのとき、彦十郎が、

「体の大きな男は、山村かそれとも佐々崎か」

と、訊いた。鶴亀横丁で下段突きという特異な技を遣う武士と闘ったとき、仲間が山村と佐々崎の名を口にしたのだ。

「山村の旦那でさァ」

源助によると、大柄な牢人は、山村泉十郎という名だという。

「山村は、権兵衛の子分ではあるまい」

彦十郎は、山村ほどの遣い手が、やくざの子分になるとは思えなかったのだ。

「山村の旦那は、子分じゃァねえ。客人でさァ」

「客人な」

食客のような立場なのだろう、と彦十郎はみた。

「もうひとり、佐々崎の名は」

「佐々崎藤三郎の旦那でさァ」

源助の話では、佐々崎も山村と同じような立場だという。

「そうか」

どうやら、権兵衛は用心棒として山村と佐々崎を身辺におくと同時に、厄介な相手には二人を差し向けて始末させるようだ。

それから、彦十郎たちは、鶴亀横丁の小間物屋をどうするつもりなのか、源助に訊いたが、くわしいことは知らなかった。

彦十郎たちの尋問が終わると、

「源助は、どうしやす」

猪七が訊いた。

「しばらく、ここに閉じ込めておく」

この場で、源助を解放するわけにはいかなかった。東仲町にいる仲間たちの許に戻り、彦十郎たちのことを話すだろう。

3

翌朝、彦十郎が増富屋の二階の座敷で着替えていると、慌ただしそうに階段を上がってくる足音がし、障子の向こうで、

「風間さま！　風間さま！」

と呼ぶ、平兵衛の声がした。

「どうした」

彦十郎は、ただごとではない、と思った。平兵衛が直接二階に上がってきて、彦十

郎を呼ぶことなど滅多になかったし、平兵衛の声にはうわずった響きがあったのだ。

すぐに、障子があき、

「横丁に、何人も踏み込んできたようです」

と、平兵衛が声をつまらせて言った。

「権兵衛の手下たちだな」

彦十郎は、部屋の隅に置いてあった大刀を手にして廊下に出た。

「猪七さんが、知らせにきたのです」

「行ってみよう」

彦十郎は、平兵衛につづいて階段を下りた。

帳場のそばに、猪七が立っていた。猪七は彦十郎を目にすると、すぐに近寄り、

「風間の旦那、やつらが来やすぜ！」

と、声高に言った。

「人数は」

「七、八人いやす。それに、二本差しが二人」

「大勢だな」

彦十郎は、二人の武士は山村と佐々崎だろうと思った。二人とも、遣い手である。

「ここに来る途中、知らせやした。近くまで来ているはずでさァ」

「だが、おれたち二人と神崎の三人では、太刀打ちできんな」

彦十郎は、猪七に目をやり、

「佐島どのを呼んできてくれ」

と、頼んだ。

佐島八之助は、鶴亀横丁の長屋に住む牢人だった。すでに還暦に近い老齢で、老妻と二人暮らしである。佐島はあまり出歩かず、家にいることが多かった。ただ、剣の遣い手で、横丁が危機に陥るようなときには、彦十郎たちに手を貸してくれたのだ。

「すぐに、呼んできやす」

猪七は、戸口から飛び出して言った。

猪七と入れ替わるように、神崎が店に入ってきた。神崎は、彦十郎と平兵衛のそばに来ると、

「権兵衛の子分たちが来るぞ！」

と、昂った声で言った。

「やつら、また、小間物屋を襲う気か」

「小間物屋ではない」

神崎が店の表に目をやりながら言った。

「どこを襲うつもりだ」

「増富屋かも知れんぞ。ここへ駆け付ける途中、八百屋の伝助が、小間物屋を襲ったやつらに増富屋のことを訊かれたと、話しているのを耳にしたのだ」

「なに、ここだと！」

彦十郎が声を上げた。

脇に立っていた平兵衛の顔が強張り、体が小刻みに顫えだした。

「平兵衛、きゃつらがここに踏み込んでくる前に、おしげとお春を連れて二階に逃げろ。何としても、きゃつらを二階には上げぬ」

「は、はい」

平兵衛が声をつまらせて言った。

「すぐに、動いた方がいい」

「分かりました」

平兵衛は慌てて奥の座敷にむかった。

待つまでもなく、平兵衛がおしげとお春を連れて戻ってきた。二人の女の顔は蒼ざめ、身を顫わせていた。平兵衛が二人に、小間物屋を襲った者たちが、この店に踏み込んでくることを話したのだろう。

「なに、心配するな。この店に踏み込んできても、おれと神崎で追い払う。それに、佐島どのも手を貸してくれるはずだ」

彦十郎が言った。

「か、風間さま、神崎さま、お気をつけて……」

おしげが、声を震わせて言い、お春を連れて先に上がった。

平兵衛は、「てまえも、二階にいます」と言い残し、慌てて二人の女の後を追った。

そのとき、戸口に走り寄る足音がし、猪七と佐島が姿を見せた。

佐島は腰をかがめ、ゼイゼイと荒い息を吐いている。猪七に急かされて走ったせいだろう。

「き、来やすぜ！」

猪七が目を剝いて言った。

「猪七、店の外にいてな。近くにいる横丁の男たちに声をかけて、押し込んできたやつらに遠くから石を投げてくれ」

彦十郎が言った。

「合点でさァ」

猪七が、店から飛び出した。

猪七につづいて、戸口まで出た風間が、「来たぞ！」と声を上げた。彦十郎も戸口に出て、路地の先に目をやった。

七人の男が、足早に近付いてくる。武士体の男が二人。山村と佐々崎である。他の五人は町人体だった。遊び人ふうの恰好をした者が目立ったが、腰切半纏に黒股引姿で、左官か大工を思わせる者もいた。

「外で、迎え撃つぞ！」

彦十郎が、神崎と佐島に声をかけた。店のなかでやり合うと自在に刀がふるえないし、店内を荒らされる。

神崎と佐島も外に出て、増富屋を背にして立った。

4

「あそこだ！」

先に立った遊び人ふうの男が、増富屋を指差して声を上げた。

七人の男が、店先にいた彦十郎、神崎、佐島の三人の前にばらばらと駆け寄った。彦十郎たち三人は、刀がふるえるだけの間をとって立っている。

「そやつは、おれが斬る」

山村がそう言い、彦十郎の前にまわり込んできた。すると、佐々崎が神崎に近付いてきた。

佐島の前には、長身の遊び人ふうの男が立ち、左手に別の男がまわり込んだ。他の三人は、戸口が狭いため、彦十郎たちには近寄れず、仲間たちの背後に立っている。闘いの様子をみて、踏み込んでくるにちがいない。

「やれ！」

山村が声を上げた。

すると、町人体の男たちが、次々に懐から匕首を取り出して身構えた。牙を剝いた獣の群れのようである。

「今日こそ、始末をつけてやる」

山村が刀を抜いた。

すかさず、彦十郎も抜刀し、青眼に構えて剣尖を山村の目線につけた。

山村も青眼に構え、剣尖を彦十郎の喉の辺りにむけ、全身に気勢を漲(みなぎ)らせて斬撃の気配を見せた。

二人の間合は、およそ二間半——。真剣での立ち合い間合としては近かった。狭い店の前での立ち合いのため、間合をひろくとれないのだ。

二人は青眼に構え合ったまま気魄で攻め合っていたが、山村が、

「おれの下段突き、受けてみるか」

と言いざま、山村は切っ先を下げた。高い下段だった。剣尖が彦十郎の臍辺りにつけられている。

……下段突きの構えか！

彦十郎は、胸の内で声を上げた。山村は、この高い下段から突きを放つのだ。すでに、彦十郎は山村の遣う下段突きと立ち合ったことがあった。

彦十郎は、山村の下段突きに対応するため、青眼の構えから刀身を下げ、剣尖を山村の胸の辺りにむけた。

すると、山村は柄を握った両腕をすこし前に出した。同時に、切っ先が二寸ほど前に出た。その切っ先に、彦十郎の臍の辺りに迫ってくるような威圧感があった。まるで、槍の穂先が、下腹に迫ってくるようである。

彦十郎は、このままでは山村の突きを躱せないとみた。彦十郎は柄を握った両拳を

すこしずつ前に出し、その動きに合わせて、わずかに身を引いた。山村との間合を広くとったのである。

山村が趾を這うように動かし、ジリジリを間合を狭めてきた。その動きに合わせて彦十郎は下がった。間合を詰めさせないためである。

そのときだった。神崎と対峙していた佐々崎が、鋭い気合を発して斬り込んだ。

青眼から真っ向へ——。

敵の頭を叩き割るような強い斬撃だった。

咄嗟に、神崎は身を引きながら刀身を袈裟に払った。

キーン、という甲高い金属音がひびき、二人の刀身が弾き合った。次の瞬間、二人は二の太刀をはなった。

佐々崎は真っ向から袈裟へ——。

神崎は右手に踏み込みながら横一文字に——。

二筋の閃光がはしった。佐々崎の切っ先は、神崎の肩先をかすめて空を切り、神崎の切っ先は、佐々崎の右の前腕をとらえた。

二人は二の太刀をはなった後、大きく背後に跳んで間合をとった。佐々崎の右腕が、血に染まっている。

二人は相青眼に構え合ったが、佐々崎の切っ先が、小刻みに震えていた。右の前腕の皮肉を斬り裂かれただけだが、右腕に力が入り過ぎているのだ。

神崎が声高に言った。

「佐々崎、勝負あったぞ！」

「まだだ！」

佐々崎は、青眼に構えたまま間合を狭めてきた。顔が憤怒で赭黒(あかぐろ)く染まり、切っ先が震えている。

……斬れる！

と、神崎は踏んだ。激しい興奮や憤怒は一瞬の反応を遅くし、斬撃の鋭さを失わせるのだ。

佐々崎は、摺り足で神崎に迫ってきた。

あと一歩で、斬撃の間境を越える、と神崎は読んだ。

そのときだった。「佐々崎、引け！」と山村の怒声がひびいた。山村は目の端で佐々崎をとらえ、彦十郎から身を引きざま叫んだのだ。佐々崎が斬られるとみたらしい。

ふいに、佐々崎の寄り身がとまった。そして、素早く後じさって、神崎との間合をとった。佐々崎は我に返ったような顔をし、山村に目をやった。

「引け！　この場は、引け」

山村が、自分でも身を引きながら語気を強くして言った。

佐々崎は山村の声を聞くと、更に後じさり、神崎との間合が大きくなると、

「勝負、預けた！」

と叫び、反転して走り出した。神崎から逃げたのである。

神崎は佐々崎の後を追わず、脇にいる佐島に目をやった。佐島は、浅黒い顔をした遊び人ふうの男に切っ先をむけていた。もうひとり、長身で面長の男が、匕首を手にしていたが、右袖が裂け、あらわになった二の腕が血に染まっていた。佐島に斬られたらしい。面長の男は、佐島から身を引いて身を顫わせている。

二人の男は、山村の「引け！」という声を聞くと、慌てて身を引き、反転して走りだした。これを見た他の男も、その場から逃げ出した。

戸口にいた彦十郎、神崎、佐島の三人は、抜き身を手にしたまま逃げる山村たちに目をやった。

山村たちの姿が遠ざかると、

「何とか、やつらを追い返したな」
彦十郎が、ほっとした顔をして言った。
「佐島どのの御蔭だな」
神崎が佐島に目をやって言った。
「まったくだ。佐島どのがいなければ、おれと神崎は、この場でやつらに斬られてい
た」
彦十郎の本心だった。神崎と二人だけだと、戸口で敵に取り囲まれ、ひとりだけを
相手に、刀をふるうことはできなかったはずだ。
「わしは、ならず者を相手にしただけだ」
佐島が照れたような顔をして言った。
そこへ、猪七が走り寄った。
「近所の男たちを集めたんですがね。佐島さまたち三人で、追い返しちまったんで、
あっしらは見てただけでさァ」
猪七はそう言って、路地の先に目をやった。
近所に住む男たちが十人ほど集って、こちらに目をむけていた。彦十郎たちが危う
いとみたら、石でも投げて加勢するつもりだったのだろう。

彦十郎が手を振ると、男たちも大きく手を振って応えた。

5

翌日、彦十郎、神崎、猪七、それに佐島の四人は、鶴亀横丁を出て、東仲町にむかった。山村たちを追い払った機会をとらえ、黒板塀でかこわれた家を探り、権兵衛がいれば、踏み込んで討とうと思ったのだ。

彦十郎たちが横丁の出入口から遠ざかると、その後ろ姿に目をやっている三人の男がいた。二人は、彦十郎たちの姿が表通りの先にちいさくなると、その場を離れ、別の道に入った。

彦十郎たちは、三人にまったく気付かなかった。東仲町の通りを浅草寺にむかって歩き、黒板塀で囲われた家のそばに足をとめた。質屋を装って金貸しをしている権兵衛の家である。ただ、権兵衛が家にいるかどうか、分からなかった。

彦十郎たちは、通行人を装って家の前を通り過ぎ、一町ほど歩いてから路傍に足をとめた。

「だれか、いるようだったな」

彦十郎が、家のなかから廊下を歩くような足音が聞こえたことを話した。

「おれも、足音を聞いたぞ」

神崎が言った。

「わしは、話し声を聞いたな」

佐島によると、家のなかから男の話し声が聞こえたという。話の内容は分からなかったが、遊び人のような物言いだったそうだ。

しんがりを歩いていた猪七は、何の物音も耳にしなかったと話した。

「いずれにしろ、家にいるのは大勢ではないな」

彦十郎が言った。

「どうだ、板塀の陰に身を隠して、なかの様子を探ってみないか」

神崎が言うと、彦十郎たち三人はすぐに承知した。

彦十郎たちは通行人を装って家をかこっている黒板塀に近付き、通りに人影が途絶えたときを狙って、黒板塀に身を寄せた。そして、足音を忍ばせ、塀沿いをたどって家の裏手にむかった。黒板塀に身を隠しても、通りから見られる恐れがあったので、裏手にまわったのだ。

黒板塀に身を寄せると、家のなかから物音が聞こえた。廊下を歩くような音につづいて、障子をあけしめするような音がした。

つづいて、座敷に腰を下ろすような音がかすかに聞こえ、

……暇だな。

と、男の声がした。

……酒を飲むな、と言われているし、何もやることがねえ。

別の男が言った。濁声である。

……酒も女も、駄目かい。

……おれたちは、めしを食って寝るだけよ。留守番もいいが、いつまでやりゃァいいんだい。

濁声の男が、うんざりしたような声で言った。

……まァ、二、三日だろうよ。ちかいうちに、鶴亀横丁のやつらに手が出せねえようにすると言ってたぜ。

それから二人の男のやりとりは、女郎屋の話になった。二人は、浅草寺界隈にある女郎屋に遊びにいったことがあるらしい。

彦十郎たちはその場を離れ、表通りに戻った。

「家にいる二人は、留守番らしいな」

彦十郎が言った。

「権兵衛や山村たちは、ここの家を出て、どこかに身を隠したのではないか」

と、神崎。

「やつら、ここの家は、あっしらに摑まれていると気付いたにちげえねえ」

猪七が言った。

「そうみていいな」

彦十郎は、留守番のひとりが、「ちかいうちに、鶴亀横丁のやつらに手が出せねようにする」と口にしたことが気になった。

「また、鶴亀横丁を襲う気ではないか」

彦十郎が、言った。

「おれも、そんな気がする。……早く手を打った方がいいぞ」

神崎が身を乗り出すようにして言った。

「あの二人を押さえて、話を聞くか」

彦十郎は、いま踏み込めば、二人を取り押さえるのは難しくないとみた。

「そうだな。あの二人から聞けば、様子が知れそうだ」

神崎が言うと、猪七と佐島がうなずいた。

「行くぞ」

彦十郎たちは通り沿いにある吹き抜け門を通り、足音を忍ばせて家の戸口にむかった。そして、戸口の格子戸に身を寄せると、家のなかから、かすかに男の話し声が聞こえてきた。さきほど、板塀の陰から耳にした男たちの声だった。まだ、二人で話しているらしい。

彦十郎は、格子戸に手をかけて引いてみた。戸締まりはしてないらしく、すぐにあいた。

「入るぞ」

彦十郎が敷居を跨いで土間に入った。

土間の先が、狭い板間になっていた。その先に襖がたててある。座敷になっているらしい。

話し声は聞こえないが、襖の先にひとのいる気配がした。さきほど話していた二人の男らしい。二人は格子戸のあく音を耳にし、戸口の様子を窺っているのではあるまいか。

「だれだい」

襖の向こうから男の声が聞こえた。

彦十郎が黙っていると、脇にいる猪七が、

「質に入れてえ物があって来やした」

と、小声で言った。

「質屋は、やってねえ。帰り（けえ）な」

男のひとりがそう言い、立ち上がる気配がした。座敷から出てくるらしい。

土間にいた彦十郎は抜刀し、刀身を峰に返した。神崎も抜き、彦十郎と同じように刀身を峰に返した。襖の向こうにいる二人を峰打ちで仕留めるのだ。

襖があいて、男がひとり顔を出した。男は板間に出てきたが、その場に棒立ちになって、目を剝いた。土間にいる彦十郎たちを目にしたらしい。

彦十郎と神崎は、素早く板間に踏み込んだ。

「だ、だれだ！」

男は叫んだ後、反転して座敷へ逃げ込むもうとした。

彦十郎が素早い動きで男に身を寄せ、男の背後から脇腹に峰打ちを浴びせた。一瞬の太刀捌きである。

ギャッ！と悲鳴を上げて、男はよろめき、頭からつっ込むように座敷に倒れた。

神崎は、倒れた男の脇から座敷に踏み込んだ。

座敷にいたもうひとりの男は立ち上がって、座敷から逃げようとした。その男の前に、神崎がまわり込み、タアッ！と鋭い気合を発して、手にした刀を一閃させた。素早い動きである。

神崎の峰打ちが、男の腹を強打した。男は両手で腹を押さえて、その場にうずくまった。苦しげな呻き声を洩らしている。

6

彦十郎たちは、二人の男に縄をかけた後、最初に峰打ちを浴びせた男を座敷に残し、もうひとりは奥の部屋に連れていった。二人いっしょだと、仲間のことを気にして口をひらかないとみたのである。

奥に連れていった男は、佐島が見てくれることになった。

彦十郎は座敷に残された男の前に立つと、

「おまえの名は」

と、訊いた。

男は口をひらかなかった。峰打ちを浴びたところが、まだ痛むのか顔をしかめている。

「黙っているなら、ここで首を落とすぞ。もうひとりの男に、訊けばいいのだからな」

そう言って、彦十郎が刀を抜くと、

「ご、五助で」

すぐに、声をつまらせて名乗った。

「ここで留守番をしていたのだな」

「そうで……」

五助は、隠さなかった。仲間うちでは三下で、彦十郎たちのことをよく知らないのかも知れない。

「権兵衛はどこにいる」

彦十郎が、五助を見据えて訊いた。

「知らねえ。嘘じゃァねえ。親分は、おれたちには、居所を教えねえんだ」

五助が向きになって言った。

「ここにいた、子分たちは」

「親分といっしょに出ていきやした。てめえの塒に帰ったやつもいやす」

「ここに、武士もいたな」

「いやした」

「山村と佐々崎か」

「よく、御存じで」

五助が、上目遣いに彦十郎を見た。

「山村たち二人も、権兵衛といっしょにいるのか」

「くわしいことは知らねえが、いっしょにいるはずでさァ」

「うむ」

彦十郎は、いっとき口をつぐんで五助を見据えていたが、

「五助、さきほど、おまえたちは、鶴亀横丁のやつらに手を出せねえようにする、と話していたが、どういうことだ」

と、五助を睨むように見据えて訊いた。

「そ、それは……」

五助は、驚いたような顔をして彦十郎を見た。そんなことまで盗聴されたとは、思わなかったのだろう。

「横丁で、何かやるつもりだな」

彦十郎の語気が強くなった。

「あ、あっしは、くわしいことは知らねえんで……。利根吉なら知っているはずでさア」

「利根吉は、ここで話していた男だな」

「へい」

五助が首をすくめるようにうなずいた。

彦十郎はそれだけ訊くと、五助の前から離れ、神崎と猪七に目をやって、「何かあったら、訊いてくれ」と声をかけた。

「すぐに、利根吉という男から話を聞こう」

と、神崎が言うと、猪七もうなずいた。

彦十郎たちは、五助を奥に連れていき、替わって利根吉を表の座敷に引き出した。

「利根吉、おまえに訊きたいことがある」

彦十郎が、利根吉を見据えて言った。

利根吉は驚いたような顔をして彦十郎を見た。いきなり、利根吉という名を口にしたからだろう。

利根吉は、「五助が、おれの名を口にしやがったな」と呟いて、顔をしかめた。

「おまえと五助で、ちかいうちに、鶴亀横丁のやつらに手が出せねえようにする、と話していたな」

彦十郎は、五助に話したのと同じことを口にした。

利根吉は戸惑うような顔をしたが、何も言わなかった。

「鶴亀横丁で、何をするつもりだ」

彦十郎が訊いた。

「…………」

利根吉は、顔をしかめたまま口をつぐんでいた。

「何をするつもりだ！」

彦十郎が語気を強くして訊いた。

利根吉は上目遣いで彦十郎を見たが、何も言わなかった。

「しゃべらなければ、ここで首を落とすぞ」

彦十郎は利根吉を見据え、刀の柄に手をかけた。いまにも、刀を抜きそうな気配がある。

「は、話す」

利根吉が声を震わせて言った。

「横丁で、何をするつもりだ」

「横丁の連中は、黙ってみてるしかねえと言ってやした」

「何をするのだ！」

更に、彦十郎の語気が強くなった。

「娘をもうひとり、攫(さら)うらしい」

「なに！　娘をもうひとり攫うだと」

彦十郎の脳裏に、増富屋のお春のことがよぎった。

「へえ……」

「いつだ！」

「し、知らねえ。……一昨日(おととい)、ここ二、三日のうちと言ってやしたから、今日かも知れねえ」

「今日だと！」

彦十郎は、息を呑んだ。そばにいた神崎と猪七も目を剝いて、言葉を失っている。

「す、すぐ、ここを出やしょう」

猪七が、声をつまらせて言った。

「横丁に帰る」

彦十郎は、奥の座敷にいる佐島に、ことの次第をかいつまんで話し、すぐに横丁に帰ることを伝えた。

「この二人は、どうする」

佐島が訊いた。

「残しておく」

彦十郎は、二人を縛ったままここに残し、あらためて連れにきてもいいと思った。いまは、二人のことより、いっときも早く横丁に帰らねばならない。

彦十郎、神崎、猪吉、佐島の四人は、五助と利根吉を動けないように縛ってから黒板塀をめぐらせた家から飛び出した。

7

彦十郎たちは、鶴亀横丁に帰ってきた。

横丁に、ふだんと変わった様子はなかった。路地沿いの店はひらいていたし、人通りもあった。

「今日じゃァねえのかな」

猪吉が路地の左右に目をやりながら言った。

そのとき、路地沿いにある一膳めし屋の親爺の彦造が、慌てた様子で駆け寄ってきた。

「どうした、彦造」

弥助が訊いた。

「な、ならず者が、五、六人来て、娘と母親を……」

彦造が声を震わせて言った。

「娘と母親をどうした！」

彦十郎が、声高に訊いた。そのとき、彦十郎の脳裏に、増富屋のおしげとお春の姿がよぎったのだ。

「連れていきやした」

「増富屋のおしげとお春か」

彦十郎の声が、うわずった。

「小間物屋の娘と母親でさァ」

「おはまと、お勝か」

彦十郎は、そばにいた神崎たちに、「小間物屋へ、行くぞ」と声をかけ、路地を走った。彦十郎は増富屋にも立ち寄らず、小間物屋へむかった。

小間物屋の前に、人だかりができていた。武士の姿はなかった。近所に住む者たちらしい。

彦十郎たちが小間物屋に近付くと、人だかりのなかにいた足袋屋の亀造と八百屋の伝助が駆け寄ってきた。

「亀造、おはまとお勝が、連れていかれたそうだな」

彦十郎が言った。

「へ、へい、ならず者が五人来て、店からお勝さんとおはまさんを連れていきやした」

亀造が声を震わせて言った。

「武士はいたか」

「いやせん。五人ともならず者のようで」

伝助が言った。

「二人をどこへ連れていったか、分かるか」

「ここから、表通りの方へむかいやした」

亀造が言うと、

「あっしらは、遠くから見ているだけしかできなかった。やつらは、二人を連れていくとき、あっしらに、騒ぐと二人の命はねえぞ、と言って、二人に匕首を突き付けたんでさァ」

伝助が脇から口を挟んだ。

「うむ」

彦十郎は渋い顔をして口をとじた。おはまとお勝を連れていったのは、権兵衛の子分たちとみたが、どこへ連れていったか分からなかった。

念のため、彦十郎たちは小間物屋に入り、行き先の分かるような手掛かりはないか探したが、何も残されていなかった。

仕方なく、彦十郎たちは増富屋にむかった。平兵衛は帳場にいたが、店に入ってきた彦十郎たちを目にすると、慌てた様子で出てきた。

「小間物屋のお勝さんとおはまさんが、連れていかれたそうです」

と、心配そうな顔をして言った。

「小間物屋には、だれもいなかったよ」

彦十郎が肩を落として言った。

「ともかく、上がってください」

平兵衛は、彦十郎たち四人を帳場に上げると、

「いま、お茶を淹れさせます」

そう言い残し、奥にむかった。女房のおしげに、茶を淹れるよう話しにいったらしい。

平兵衛はすぐに戻ってきて、帳場机の脇に腰を下ろした。

「お勝さんと娘さんを攫って、どうするつもりですかね」

平兵衛が眉を寄せて言った。

「娘のおはまは、吉原にでも売られるのではないかな。母親は、下働きにでもこきつかうのかも知れん」

彦十郎が言うと、

「小間物屋も、借金の形に取られるかも知れねえ」

猪七が、眉を寄せて言い添えた。

次に口をひらく者がなく、帳場のなかは重苦しい沈黙につつまれた。

そのとき、店の戸口に近寄ってくる何人もの足音がした。そして、表の腰高障子が荒々しく開け放たれた。

「だれか、いねえかい」

戸口で野太い男の声がした。

「小間物屋に、来たやつらだぞ！」

彦十郎が小声で言い、傍らに置いてあった大刀を手にして立ち上がった。

神崎と佐島も刀を摑んで立ち、彦十郎につづいて帳場から出た。平兵衛と猪七は、彦十郎たち三人の後につづいた。

戸口に、五人の男が立っていた。武士の姿はなく、遊び人やならず者を思わせる男たちだった。見覚えのある男もいた。名は知らないが、小間物屋の前で山村と立ち合ったとき、いっしょにいた遊び人ふうの男である。

「小間物屋の母親と娘を攫った者たちか！」

彦十郎が、男たちを見据えて言った。

「そうよ」

大柄で、顔の浅黒い男が言った。五人のなかでは、兄貴格らしい。

「何の用で、ここにきた」

彦十郎が声高に訊いた。腕のたつ山村や佐々崎が、いっしょではなかった。刀を持たない男だけで増富屋に踏み込んできたのは、襲うつもりではなく、何か用があってのことだろう。

「てめえたちに、話があるのよ」

「何の話だ」

「小間物屋のお勝とおはまを殺されたくなかったら、おれたちから手を引くことだ。東仲町の質屋にも、手を出さねえでもらいてえ」

浅黒い顔の男が、彦十郎たちを見据えて言った。

どうやら、浅黒い顔の男は彦十郎たちが質屋を探っていたことを知っているようだ。彦十郎たちの跡を尾けてきた男が知らせたのだが、彦十郎たちは気付かなかった。

「おめえたち、いい度胸してるな。五人だけで、ここに踏み込んできて生きて帰れると思っているのかい」

猪七が、声高に言った。

「生きて帰れるさ。おめえたちは、おれたちに手は出せねえからな」

浅黒い顔の男が、嘯くように言った。

「できるぞ」

そう言って、神崎が刀の柄に右手を添えて一歩踏み込んだ。

「おっと、そこまでにしてくだせえ、お勝とおはまが、死んでもいいんですかい」

浅黒い顔の男が、口許（くちもと）に薄笑いを浮かべて言った。

「どういうことだ」

神崎は足をとめた。

「あっしらが帰（けえ）らなかったら、お勝とおはまを殺すことになってるんでさァ。二人の女を、ただ攫ったわけじゃァねえ。おめえたちが、勝手に動きまわらねえように、人質にとったんでさァ」

「おのれ！」

神崎の顔が憤怒に染まったが、刀の柄に右手を添えたまま動けなかった。

「あっしらは、それを言いにこの店に来たんで」

「うぬ」

彦十郎も怒りに顔を染めたが、男たちに手を出せなかった。

「しばらくおとなしくしてることでさァ」

浅黒い顔の男は、そう言い置いて踵を返した。

他の四人の男も、大柄な男につづいて店先から離れていった。

彦十郎たちはなす術もなく、増富屋の戸口に立ったまま遠ざかっていく五人の男の後ろ姿に目をやっている。

第三章　人質

1

増富屋の帳場の奥の小座敷に、五人の男が集っていた。彦十郎、神崎、猪七、佐島、それに平兵衛である。お京の姿は、なかった。このところ、権兵衛の子分たちを相手にすることが多く、女のお京が下手に動きまわると、何をされるか分からないので、横丁にとどまってもらったのだ。

彦十郎たちの膝先に、湯飲みが置いてあった。おしげが淹れてくれたのだ。おしげは娘のお春と二人で、奥の座敷にいる。ちかごろ、お春は奥にいることが多く、男たちのいる場にあまり姿を見せなかった。お勝とおはまが攫われたこともあって、用心していたのだ。

「さて、どうする」

彦十郎が言った。

「きゃつらの言うとおり、何もしないでいても、お勝とおはまが、横丁に帰されることはあるまい」

神崎が厳しい顔をした。

「そうでしょうな。権兵衛の狙いは、小間物屋を手にいれるだけではないはずです。いずれ、鶴亀横丁を縄張にして、好き勝手なことを始めるかも知れません」

平兵衛が眉を寄せて言った。

「おれも、そんな気がする」

彦十郎が呟くような声で言った。

次に口をひらく者がなく、座敷は重苦しい雰囲気につつまれた。その沈黙を破るかのように、彦十郎が、

「攫われたお勝とおはまを助け出すしかないな」

と、語気を強くして言った。彦十郎は、鶴亀横丁を権兵衛たちの手から守るためにも、お勝とおはまを助け出したかった。

「だが、迂闊に動けば、お勝とおはまがどんな目に遭うか分からないぞ」

神崎が言った。

「姿を変えるか」

彦十郎が、正体が知れないように変装して動けば、権兵衛の子分たちの目から逃れられるのではないかと話した。

「おもしれえ！　やりやしょう」

猪七が、声を上げた。

「それで、どう動く」

神崎が声をあらためて訊いた。

「まず、お勝とおはまの監禁場所を探さねばならないな。助け出すのは、その次だ」

彦十郎が言った。

「お勝たちの居所を知っていそうな権兵衛の子分をひとりつかまえて、話を聞くのが早（はえ）んじゃァねえかな」

そう言って、猪七が、その場にいた男たちに目をやった。

「五助と利根吉は、知るまいな」

彦十郎は、黒板塀をめぐらせた家に残してきた二人のことを思い出したのだ。

「二人は、お勝たちの居所を知らないと思うが、横丁にきてお勝たちを攫った者たちのことは知っているはずだぞ」

神崎が言った。

「五助たちを残してきた家に行ってみよう」

彦十郎は立ち上がった。

彦十郎、神崎、猪七、佐島の四人は、それぞれの家に戻り、それと知れないような身支度で、東仲町の黒板塀で囲まれた家のそばに集まることにした。

彦十郎は小袖にたっつけ袴で、網代笠をかぶった。廻国修行の武芸者のように見えるだろう。

彦十郎が集まる場所の近くまでいくと、路傍に神崎と佐島が待っていた。二人とも、小袖に角帯姿で、大刀を一本落とし差しにしていた。無頼牢人を思わせるような恰好である。神崎は手拭で頬かむりし、佐島は菅笠をかぶっていた。顔を隠すためであろう。

「その恰好なら、分からんな」

彦十郎が言った。

「風間どのも、分からんぞ」

佐島が、彦十郎に目をやって言った。

そんなやりとりをしているところに、猪七が姿を見せた。猪七は腰切半纏に黒股引、手拭で頬かむりしていた。左官か大工のように見える。

「家に近付いてみるか」

彦十郎たちは、黒板塀をめぐらせた権兵衛の家に近付いた。

吹き抜け門の前まで来ると、彦十郎は足をとめた。家はひっそりとしていた。物音も話し声も聞こえない。

彦十郎は神崎たちが近付くのを待ち、

「だれもいないようだぞ」

と、小声で言った。

「ひとのいる気配がないな」

佐島が、留守ではないか、と小声で言い添えた。

「戸口に近付いてみるか」

彦十郎は吹き抜け門から入り、戸口に身を寄せた。神崎たち三人も、後ろからついてきた。

「留守のようだ」

彦十郎は、家のなかにひとのいる気配がないことを言い添えた。

「入るぞ」

　彦十郎は戸口の格子戸をあけた。

　家のなかは、静寂につつまれていた。物音も話し声も聞こえない。彦十郎たちは足音を忍ばせて土間に入り、更に板間に上がった。

　板間の先に、襖がたててあった。彦十郎はそろそろと襖に近付き、音のしないように開けた。

「これは！」

　彦十郎は、息を呑んだ。

　座敷のなかほどに、二人の男が後ろ手に縛られたまま倒れていた。無残な姿である。座敷中に、黒ずんだ血が飛び散っていた。二人の首が、折れたように曲がっていた。喉皮だけを残して切断されたらしい。

「仲間たちに殺されたのではないか」

　神崎が言った。

「そのようだ」

　権兵衛の子分たちは、五助と利根吉が縄をかけられているのを見て、二人に詰問し、彦十郎たちに捕らえられ、親分のことを話したことを知って殺したのではないか、と彦十郎はみた。

「これで、五助たちから話が聞けなくなったな」

神崎が肩を落として言った。

2

彦十郎は神崎たちと東仲町に出かけた翌日、猪七と二人で鶴亀横丁を出ると、ふたたび東仲町にむかった。以前、話を聞いたことのある重六にあらためて会い、権兵衛の子分のことを聞いてみるつもりだった。重六に会って話を聞いたとき、子分のことも知っているような口ぶりだったからだ。

彦十郎と猪七は、それと分からないように昨日と同じ恰好をしていた。二人だけで来たのは、今日のところは重六から話を聞くだけで、探索はせずに横丁に帰るもりだったからだ。

彦十郎と猪七は、重六がやっている飲み屋の縄暖簾をくぐって店に入った。都合のいいことに、客の姿はなかった。まだ、四ツ（午前十時）ごろで、酒を飲むには早いせいだろう。それに、店をひらいたばかりらしい。

店の右手の奥で、水を使う音がした。重六が、何か洗い物でもしているのかも知れない。

「とっつァん、いるかい」

猪七が声をかけた。

すると、水を使う音がやみ、「いらっしゃい」と、男の声がし、板戸があいて重六が姿を見せた。

「猪七と旦那ですかい」

重六が、濡(ぬ)れた手を前垂れで拭きながら彦十郎たちのそばに来た。

「また、重六に訊きてえことがあってな。ちょいと早(はえ)えが、飲めるかい」

猪七が、揉(も)み手(で)をしながら訊いた。猪七は、店に入る前から一杯やるつもりだったらしい。

「まだ、肴は酢の物と漬物ぐれえしかねえぜ」

「それで、いい」

猪七が言うと、重六は彦十郎に首をすくめるように頭を下げてから、板場に戻った。

彦十郎は何も言わずに飯台を前にし、腰掛け代わりの空樽に腰を下ろした。この場は、猪七にまかせるつもりだった。

いっとき待つと、重六が盆に猪口と肴の入ったふたつの小鉢を載せ、銚子を手にして戻ってきた。ひとつの小鉢にわかめときゅうりの酢の物、もうひとつに、たくあんが入っていた。

重六は酒と肴を出し終えると、その場に立ったまま、

「何が、聞きてえんだい」

と、先に訊いた。

「権兵衛のことだ」

猪七は声をひそめて、そう言った後、

「権兵衛のそばにいる子分を知らねえかな。……横丁の娘と母親が、子分たちに攫われちまってな。何とか、二人の居所を掴んで、連れ戻してえんだ」

と、重六を見ながら言った。

「子分も色々いるが、親分のそばにいる子分となると……」

重六はそう呟いて、いっとき首をひねっていたが、

「稲次郎(とうじろう)なら知っているかな」

と、小声で言った。

「稲次郎という男は、どこにいるんだい」

猪七が身を乗り出して訊いた。

「確か、駒形町だったな。大川端にある小料理屋に、情婦といっしょにいることが多いと聞きやしたぜ」

「何てえ、小料理屋だい」

「小鈴だったかな。何度か、店の前を通ったことがあるが、寄ったことはねえんだ」

「その小料理屋は、駒形町のどの辺りにあるんだい」

猪七が、訊いた。駒形町といってもひろい。大川端と分かっただけでは、探すのが大変である。

「諏訪町の近くだったな」

「諏訪町の近くの大川端だな」

猪七が念を押すように言った。猪七は、それだけ聞けば、すぐにつき止められる、とみたようだ。諏訪町は、駒形町の南側に位置していた。諏訪町の近くの大川端となると、ごく限られている。

「旦那、何か訊いておくことはありやすかい」

猪七が、彦十郎に目をやって訊いた。

「稲次郎という男だが、歳のほどは分かるか」

彦十郎は、前もって稲次郎のことを知っておきたかったのだ。

「確か、二十四、五だったはずでさァ」

重六が言った。

「顔を見て、稲次郎と分かるようなものがあるか」

黒子とか傷とかがあれば、分かりやすい、と彦十郎は思った。

「頬に切り傷がありやす」

「切り傷か」

彦十郎は、顔の傷を見れば分かると思い、あらためて重六に礼を言った。

それから、彦十郎と猪七は半刻（一時間）ほど酒を飲み、店に客が入ってきたところで、腰を上げた。

彦十郎と猪七は飲み屋を出ると、表通りを東にむかい、浅草寺の門前通りに出た。門前通りは賑わっていた。参詣客が多いようだが、飲み屋や女郎屋に遊びにきたらしい男の姿も目についた。

彦十郎たちは駒形堂の前まで来ると、左手に足をむけ、大川端沿いの通りに出た。その辺りは、駒形町である。

彦十郎たちは、大川端の道を川下にむかって歩いた。いっとき歩くと、急に人通りが少なくなった。参詣客や遊山客が見られなくなったからだ。それに、浅草寺の門前通りは日光街道につづいており、浅草寺に来た者たちの多くが、日光街道を利用する。

大川端の道をしばらく歩くと、諏訪町との町境辺りに来た。

「この辺りにある小料理屋を探せばいいのだな」

彦十郎が、通り沿いにある店に目をやりながら言った。

「小鈴ってえ店でさァ」

猪七も、通り沿いの店に目をやっている。

この辺りは、八百屋や米屋など暮らしに必要な物を売る店が多かった。ただ、川沿いには、船宿や一膳めし屋などもあった。

3

「あの店かな」

彦十郎が、通り沿いにあった小料理屋らしい店を指差して言った。

小体な店だが、二階もあった。二階は、店の住人の寝泊まりする部屋になっているのかも知れない。

店の入口は、洒落た格子戸になっていた。脇に掛看板が出ている。遠方なので、看板に何が書いてあるのか、読み取れない。

「近付いてみるか」

彦十郎が言い、猪七と二人で通行人を装って店に近付いた。

近くまで行くと、掛看板に小鈴と記されているのが読み取れた。客がいるらしく、嬌声と男の濁声がかすかに聞こえた。

彦十郎と猪七は、店先から半町ほど離れたところまで歩き、川岸近くに足をとめた。

「あの店が、小鈴だな」

「女将らしい女の声が聞こえやしたぜ。稲次郎の情婦にちげえねえ」

「稲次郎も小鈴にいると、みていいのではないか」

彦十郎が言った。

「あっしも、そうみてやす」

「どうする」

「店に踏み込みやすか」

猪七が、勢い込んで言った。

「待て、店にいなかったら、稲次郎を捕らえることはできなくなるぞ」

彦十郎は、騒ぎ立てずに、密(ひそ)かに稲次郎だけを捕らえたいと思った。稲次郎が捕らえられたことが、権兵衛や子分たちに知れると、監禁しているお勝とおはまを別の場所に移すだろう。そうなると、監禁場所をつきとめるのが更に難しくなる。

「しばらく待ってみよう。そのうち、店からだれか出てくるはずだ」

稲次郎が出てこなければ、店の客にでも店のなかの様子を聞くことができる、と彦十郎は踏んだ。

彦十郎と猪七は、小鈴からすこし離れた大川端に植えられた柳の樹陰に身を隠した。そこで、一休みしているふりをして、小鈴に目をやっていた。

一刻（二時間）ほど過ぎたろうか。小鈴からは、だれも出てこない。陽は西の空にまわっていた。柳が長い影を伸ばしている。

「出てこねえなァ」

猪七が伸びをしながら言った。

そのときだった。小鈴の格子戸があいて、男が二人姿を見せた。つづいて、女将らしい年増が店から出てきた。

二人の男は、小袖を裾高に尻っ端折りしていた。遠目にも、陽に灼けた赤銅色の肌をしているのが見てとれた。近くの船宿の船頭かも知れない。

二人の男は、女将らしい年増と何やら言葉を交わした後、彦十郎たちのいる方へ歩いてきた。そして、彦十郎たちのすぐ前を通り過ぎ、川上の方へむかって歩いていく。

「あっしが、訊いてきやす」

そう言い残し、猪七は柳の樹陰から通りに出た。

猪七は二人の男に追いつき、肩を並べて歩きながら何やら話していた。三人の姿が通りの先に遠ざかったとき、猪七が足をとめた。猪七は二人の男が離れるのを待ってから、踵を返して戻ってきた。

猪七は彦十郎のそばまで来るなり、

「し、知れやしたぜ」

と、声をつまらせて言った。

「小鈴に、稲次郎はいたか」

すぐに、彦十郎が訊いた。

「いやした！」

「店から顔を出したのは、女将だな」

「そうでさァ。女将の名は、おきくだそうで」

「稲次郎は、店から出てくるかな」

「分からねえが、あっしが聞いた二人の話だと、稲次郎は小鈴に寝泊まりしているらしいと、話してやしたぜ」

「寝泊まりしているとなると、今日は、店から出てこないかも知れんな」

　彦十郎は、小鈴を見張っても、稲次郎を捕らえることはできそうもないと思った。

「旦那、あっしが、稲次郎を呼び出しやしょうか」

　猪七が意気込んで言った。

「どうするのだ」

「稲次郎は、あっしのことを知らねえはずだ。山村に頼まれたと言って、店の外に連れ出しやすよ」

「うまくいくかな」

「分からねえ。稲次郎があっしのことを疑って、店から出ねえようなら、旦那が店に踏み込んで、稲次郎を引っぱり出してくだせえ。他に客はいねえようだし、騒ぎ立てるようなら、女将も押さえればいいんでさァ」

猪七が、目をひからせて言った。やる気になっている。

「よし、やってみよう」

彦十郎も、相手が稲次郎と女将だけなら何とかなると踏んだ。

彦十郎と猪七は、小鈴の店先に近付いた。店のなかに客はいないらしく、静かだった。こそこそと、男と女の声が聞こえた。女将と稲次郎が話しているらしい。

「旦那、稲次郎を連れ出しやすぜ」

猪七が声を殺して言い、小鈴の店先に近付いた。

彦十郎は店の脇に身を隠し、いつでも店に飛び込んでいける態勢をとった。猪七に何かあれば、飛び込むつもりだった。

猪七は格子戸をあけて、店のなかに入った。

彦十郎の耳に、猪七と稲次郎と思われる男のやりとりが聞こえた。猪七は山村の配下らしいことを口にした後、稲次郎に、「山村の旦那が近くの料理屋に来てるんで、いっしょに来てくれ」と言った。

「なんという料理屋だい」

稲次郎は、猪七に料理屋の名を訊いた。

物陰で聞いていた彦十郎は、ヒヤッとした。猪七は、咄嗟に料理屋の名が浮かばないのではないかと思ったのだ。

だが、猪七はすぐに「駒形堂近くにある吉川屋でさァ」と、言った。どうやら、猪七は、ここに来る途中目にした料理屋の名を咄嗟に口にしたようだ。

「すぐ、行く」

稲次郎の声が聞こえた。猪七のことを信じたようだ。

4

小鈴の格子戸があき、猪七と遊び人ふうの男が出てきた。男の頰に切り傷の痕があった。稲次郎である。

猪七と稲次郎につづいて、女将らしい年増が出てきたが、猪七たちが店先から離れると、踵を返して店に戻った。

彦十郎は、猪七と稲次郎の跡を尾けた。猪七たちは、大川端の道を川上にむかって歩いていく。

猪七たちが小鈴の店先から一町ほど離れると、彦十郎が仕掛けた。稲次郎に迫り、刀を抜いて峰に返した。峰打ちで、稲次郎を仕留めるつもりだった。

彦十郎が稲次郎の背後に迫ったとき、稲次郎は彦十郎の足音を聞いて振り返った。一瞬、稲次郎はその場に棒立ちになった。彦十郎が何者か分からなかったらしい。

「つ、辻斬り！」

稲次郎は、抜き身を手にしている彦十郎を辻斬りと思ったらしく、その場から逃げようとした。

「逃がさねえよ」

そう言って、猪七が稲次郎の前にまわり込んだ。

「てめえら、おれを騙しゃァがったな！」

叫びざま、稲次郎は右手を懐につっ込んだ。匕首を取り出そうとしたようだ。

「遅い！」

彦十郎は一歩踏み込み、刀身を横に払った。一瞬の太刀捌きである。

峰打ちが、稲次郎の腹を強打した。

グッ、と喉のつまったような呻き声を上げ、稲次郎は左手で腹を押さえてうずくまった。顔が苦痛に歪んでいる。

彦十郎は稲次郎の喉元に切っ先を突き付けたまま、

「猪七、こいつを後ろ手に縛ってくれ」

と、声をかけた。

「へい」

猪七はすぐに稲次郎の背後にまわり、両腕を後ろにとって縛った。猪七は岡っ引きだったことがあるので、縄をかけるのは巧みである。

彦十郎と猪七は、通り沿いの笹藪の陰に稲次郎を連れ込み、辺りが暗くなるのを待ってから鶴亀横丁にむかった。

彦十郎たちは賑やかな通りを避け、人影のない路地や新道をたどって、稲次郎を鶴亀横丁の増富屋に連れていった。戸口まで出てきた平兵衛に話し、稲次郎を店には入れず、裏手にある納屋に連れ込んだ。

納屋には、まだ源助が監禁されていたが、いったん納屋から連れ出し、脇の杭に縛っておいた。

彦十郎は平兵衛に頼んで、燭台を納屋に持ってきてもらった。今日のうちに、稲次郎から、お勝とおはまの監禁先を聞き出そうと思ったのである。

燭台の火に照らし出された稲次郎の顔は恐怖で蒼ざめ、体が絶え間なく顫えていた。

「ここが、どこか分かるか」

彦十郎が、稲次郎の前に立って訊いた。燭台の灯に横から照らされて赤く染まった顔が、鬼のように見えた。

「……！」

稲次郎は、上目遣いに彦十郎を見ただけで何も言わなかった。まだ、体は顫えている。

「地獄かも知れんぞ」

彦十郎はそう言った後、

「稲次郎は、権兵衛の子分だな」

と、念を押すように訊いた。

「へえ」

稲次郎は、首をすくめて小声で答えた。子分であることまで隠す必要はないと思ったのかも知れない。

「稲次郎は、権兵衛のそばにいることが多いと聞いている」

彦十郎はそう前置きし、

「いま、権兵衛はどこにいる」

と、稲次郎を見据えて訊いた。

「し、知らねえ」

稲次郎が声をつまらせて言った。

「おまえが、知らないはずはない」

「知らねえ！」

稲次郎は、横を向いてしまった。

「いま、思い出させてやる」

彦十郎が、「猪七、稲次郎を後ろで、押さえていてくれ」と声をかけた。

すぐに、猪七は稲次郎の背後にまわり、両手で稲次郎の両肩を摑んで押さえ付けた。

彦十郎は燭台を手にし、その炎を稲次郎の顎の辺りに近付けていった。

「やめろ！　……アチッ！」

稲次郎は首を伸ばし、身を捩るようにして炎から逃げようとした。苦しげに歪んだ稲次郎の顔が、闇のなかに浮かび上がっている。

「権兵衛はどこにいる」

「し、知らねえ」

　稲次郎は、伸び上がるようにして首を伸ばした。

「どこだ！」

　彦十郎が更に炎を近付けた。

「ア、アチッ！　は、話す」

　稲次郎が悲鳴のような声で言った。

　すぐに、猪七は稲次郎から手を離した。彦十郎は手にした燭台を下げ、稲次郎が身を起こすのを待って、

「権兵衛はどこにいる」

　と、声をあらためて訊いた。

「な、並木町にある料理屋だ」

　稲次郎が、声を震わせて言った。

「なんという料理屋だ」

　並木町は、浅草寺の門前通りにつづいており、料理屋、料理茶屋、置屋などが並んでいる賑やかな町だった。料理屋と聞いただけでは、探りようがない。

「き、喜乃屋（きのや）でさァ」

「喜乃屋だな」

彦十郎が稲次郎の背後にいる猪七に目をやると、

「喜乃屋なら知ってまさァ」

と、小声で言った。

「喜乃屋は、権兵衛の店か」

彦十郎が訊いた。

「親分の情婦(いろ)がやってる店で」

稲次郎によると、女将が情婦で、名はおくらだという。

「権兵衛は、ふだん喜乃屋の帳場にでもいるのか」

「喜乃屋には別棟がありやして、親分は別棟の奥の部屋にいやす」

喜乃屋には上客用の別棟があり、そこの奥の座敷だけが特別な造りになっていて、ただ、ちかごろ権兵衛が常住するようになり、別棟には客を入れないという。

その別棟は権兵衛が造らせたもので、自分の住家にするつもりだったらしい。

「あっしらも、親分に声をかけられたときしか、そこに入(へえ)れねえんでさァ」

稲次郎が首をすくめて言った。

「そうか」

彦十郎はいっとき口をつぐんでいたが、

「ところで、鶴亀横丁から攫った母親と娘はどこにいる」

と、声をあらためて訊いた。

「し、知らねえ。喜乃屋の近くにいると聞きやしたが、どこに閉じ込められているか知らねえんでさァ」

稲次郎が声をつまらせて言った。

「喜乃屋の近くに、攫った二人を閉じ込めておくようなところがあるのか」

「喜乃屋の別棟か、近くの置屋かも知れねえ」

稲次郎によると、喜乃屋の別棟か、近くに権兵衛の息のかかった吉田屋（よしだや）という置屋があるので、どちらかに二人は閉じ込められているのではないかという。

「別棟か」

彦十郎は、客を入れない別棟なら、お勝とおはまを閉じ込めておいても客に知られないのでないかと思った。

彦十郎は、別棟を探った後、隣の置屋にも当たってみようと思った。

彦十郎と猪七は、稲次郎の尋問を終わりにし、外に出しておいた源助を納屋にもどして、増富屋の店に帰った。

5

翌朝、彦十郎と猪七は、増富屋に姿を見せた神崎に、喜乃屋の別棟と置屋のことを話し、いっしょに浅草並木町にむかった。

鶴亀横丁を出たところで、神崎が、

「今朝な、佐島どのがおれのところに顔を出したのだが、ひどく疲れたようだったので、横丁に残るように話したのだ」

と、歩きながら言った。

「佐島どのは歳だからな、あまり無理をさせない方がいい。それに、横丁で何かあったとき、佐島どのがいてくれれば、心強いからな」

彦十郎も、佐島が横丁に残ってくれた方が安心できた。

彦十郎たちは、西仲町の道をたどって浅草寺の門前通りに出た。通りの左右にひろがっている地が、並木町である。

門前通りは、大勢の参詣客や遊山客が行き交っていた。並木町は浅草でも名の知れた賑やかな地で、通り沿いには料理屋、料理茶屋、置屋などが並んでいる。

「こっちでさァ」

猪七が先にたって浅草寺の門前の方へむかった。

賑やかな通りをいっとき歩くと、猪七が路傍に足をとめ、

「喜乃屋は、あれですぜ」

と言って、斜向かいにある二階建ての料理屋を指差した。

まだ、昼前なのであまり客は入ってないらしく、店は静かだった。それでも、二階の座敷から客らしい男の濁声や哄笑が聞こえてきた。

「どうする」

神崎が訊いた。

「喜乃屋の様子を探ってみたいが、店に入って訊くわけにはいかないな。……近所でそれとなく訊いてみるか」

彦十郎は、通り沿いの料理屋や料理茶屋などの大きな店に入って訊くと、喜乃屋の者に知れるだろうと思い、近所にある参詣客相手の楊枝(ようじ)屋や紅屋などの小体な店に立ち寄って訊くことにした。

「あそこにある楊枝屋で、訊いてみる」

彦十郎が、半町ほど先にある楊枝屋を指差した。

「おれは、斜向かいにある小間物屋で訊いてみよう」

神崎が言った。

楊枝屋の斜向かいに小間物屋があった。店先に、娘が二人たかっている。

「あっしは、もうすこし先に行ってみやす」

猪七が言った。

彦十郎たちは、それぞれ近所で話を聞いたら、この場に戻ることにして別れた。

ひとりになった彦十郎は、通り沿いにあった楊枝屋に足をむけた。楊枝屋はちいさな床店(とこみせ)で、浅草寺界隈ではよく目にする。楊枝は歯を磨くための物で、この店では歯磨粉も売っていた。店番をしているのは、若い娘である。

彦十郎が近付くと、

「いらっしゃい」

と、娘が愛想よく迎えた。

「ちと、訊きたいことがあってな。商売の邪魔はせぬ」

彦十郎は、すぐに店から離れるつもりだった。

「何でしょうか」

「この先に、喜乃屋という料理屋があるな」

「ございますが」

娘の顔から愛想笑いが消えている。

「大きい声では言えないのだが、おれの知り合いの娘がな。あの店の若い衆に連れていかれたまま帰らないのだ。娘の親たちが、心配して店に話を訊きにきたらしいのだが、まったくとり合ってくれないそうだ」

彦十郎は、もっともらしく話した。

「まァ……」

娘は眉を寄せたが、目には好奇の色があった。

「何か聞いてないかな。噂でもいいのだが」

娘はいっとき間を置いた後、

「そう言えば、喜乃屋さんに呼ばれた芸者さんが、女の泣き声を聞いたと、話しているのを耳にしたことがありますよ」

と、声をひそめて言った。

「その泣き声は、喜乃屋の店のなかから聞こえたのか」

すぐに、彦十郎が訊いた。

「芸者さんは、店の奥から聞こえたと言ってましたが……」

「店の奥に、別棟があると聞いているが、そこではないか」

「そうです。芸者さん、泣き声が聞こえたのは、奥の別の棟だと言ってました」

娘が身を乗り出すようにして言った。

「やはりそうか」

彦十郎は、おはまとお勝が監禁されているのは、店の奥の別棟とみた。

それから、彦十郎はそれとなく権兵衛のことを訊いてみたが、娘は怖がって権兵衛のことは、口にしなかった。

「手間をとらせたな」

彦十郎は、娘に礼を言ってその場を離れた。

彦十郎は神崎たちと別れた場所に戻ったが、二人ともまだ帰っていなかった。いっとき待つと、神崎が姿を見せ、つづいて猪七も帰ってきた。

「どうだ、そば屋にでも入るか」

彦十郎は、腹が減っていたので、そばでも食べながら話そうと思った。

「そうしやしょう」

すぐに、猪七が言った。猪七も、腹が減っていたらしい。

彦十郎たち三人は、近くにあったそば屋に入った。そして、そばをたぐりながら、まず彦十郎が聞き込んだことを話した。

「おれも、喜乃屋の奥にある別棟は、権兵衛の隠れ家のようになっていると聞いたぞ。権兵衛はあまり姿を見せず、別棟に出入りする子分を通して、浅草を影で支配しているようだ」

神崎が、いつになく厳しい顔で言った。

「あっしは、喜乃屋の女将のおくらのことを聞きやした。おくらは店の若い衆や権兵衛の子分に、指図することがあるそうでさァ」

猪七が聞いたことによると、権兵衛は表に出ることは少なく、おくらを通して子分たちに指図することもあるという。

6

その日、彦十郎たちは、陽が西の家並の向こうに沈み始めた頃、並木町を出て鶴亀横丁に帰った。

増富屋の腰高障子をあけると、帳場の前に佐島の姿があった。深刻そうな顔をして、平兵衛と話している。

平兵衛と佐島は、彦十郎たちの姿を目にすると、すぐに近付いてきて、

「か、帰るのを待ってました」

と、平兵衛が声をつまらせて言った。

「何かあったのか」

彦十郎が、平兵衛と佐島に目をやって訊いた。

平兵衛につづいて、佐島が、

「気になることがあってな。おぬしたちが、帰るのを待っていたのだ」

と、言った。佐島によると、遊び人ふうの男が二人鶴亀横丁に姿を見せ、彦十郎たちのことを訊いていたという。

「それだけではないのです」

平兵衛が眉を寄せて言った。

「他にもあるのか」

「は、はい、伝助さんの話だと、二人の男が、この店のことを色々訊いていたようなのです」

平兵衛が不安そうな顔をした。伝助は八百屋の親爺で、鶴亀横丁で何かあると、増

富屋に顔を出して、平兵衛に知らせてくれるのだ。

「この店を襲う恐れがある、ということだな」

彦十郎の顔が厳しくなった。

「そうです」

平兵衛が、神崎と猪七にも不安そうな目をやった。

「念のためだ。おしげとお春に、身を隠しているように話して、二階に上げておくといいぞ」

彦十郎は、「おれの部屋を、片付けておく」と言い残し、急いで二階に上がった。布団が敷いたままだった。寝間着も、放り出してある。このまま、おしげとお春を二階の部屋に入れたら、後で何を言われるか分からない。

彦十郎が二階から戻ると、

「二人に話してきます」

平兵衛は、すぐに奥にむかった。

この間、猪七は戸口から顔を出し、鶴亀横丁の路地に目をやっていた。お勝とおはまを攫った一味が姿を見せないか、見張っていたのである。

平兵衛がおしげとお春を二階に連れていき、彦十郎たちのそばに戻ってきて、いっときした後だった。

戸口から路地に目をやっていた猪七が、

「来やした！」

と、声を上げた。

彦十郎が戸口に出て外を覗くと、十人ほどの男が足早に近付いてくるのが見えた。山村と佐々崎の姿があった。他は遊び人ふうの男が多かった。権兵衛の子分たちであろう。以前、増富屋の前で、山村たちとやり合ったときは、七人だった。三人増やしたようだ。それに、遊び人ふうの男のなかには、長脇差を腰に差している者が何人もいた。彦十郎たちと闘うために、準備をしてきたらしい。

「猪七、店の裏から出て、横丁の男たちを集めてくれ。様子を見て、遠くからやつらに石でも投げて加勢してくれれば助かる」

こうした闘いの場では、どうしても彦十郎が指図することになる。

「合点でさァ」

すぐに、猪七は店の裏手にまわった。

「平兵衛は、敵が店の裏手から入れないように戸締まりをしてくれ」

彦十郎はそう言い置き、神崎と佐島の三人で戸口から出た。

「いたぞ！　風間たち三人だ」

佐々崎が声を上げた。

佐々崎と山村を前にして、男たちがばらばらと走り寄ってきた。そして、彦十郎、神崎、佐島の三人を取り囲むように店の前に集った。

「店の前から、離れるな」

彦十郎が、神崎と佐島に声をかけた。

彦十郎が戸口の右手に、神崎は左手に立った。佐島は、二人の中間である。敵が多勢でも、店を背後にして立てば恐れることはなかった。三人が、刀をふるえるだけの間をとって並べば、背後から襲われることはなかったし、彦十郎と神崎は前に立った相手と、脇にまわり込んだ者を相手にすればよかった。佐島は、彦十郎と神崎が両脇にいるので、前に立った男だけでいい。

山村が店の戸口近くに来ると、

「裏手にまわれ！」

と、男たちに声をかけた。

すると、三人の男がその場を離れ、店の裏手にまわった。どうやら、山村たちは、以前闘ったときと同じように彦十郎たちが戸口で迎え撃つとみて、店の裏手から踏み込む策をたててきたらしい。

……裏手は戸締まりをしたので、簡単には踏み込めまい。

と、彦十郎は思った。

「今日こそ、始末をつけてやる」

山村が、彦十郎の前にまわり込んできた。

神崎の前には佐々崎が立ち、佐島の前には大柄な遊び人ふうの男が近付いてきた。

遊び人ふうの男は、長脇差を腰に帯びている。

彦十郎と山村の間合は、およそ二間ほどしかなかった。この前、山村と対峙したときより、間合が近かった。山村は、すぐに仕掛けてくるかも知れない。

彦十郎の右手にまわり込んできたのは、長身の男だった。小袖を裾高に尻っ端折りし、長脇差を手にしていた。殺気だった目をしていたが、顔に恐怖の色がなかった。喧嘩(けんか)で、ひとを斬った経験があるのだろう。

彦十郎は青眼に構え、剣尖を山村の目線につけた。腰の据わった隙のない構えである。

山村は青眼に構えた後、すぐに切っ先を下げ始めた。そして、剣尖を彦十郎の臍の辺りにつけた。

……下段突きか！

彦十郎は、山村の下段突きと闘ったことがあったのだ。

彦十郎は山村の目線につけていた剣尖をゆっくりと下げ、山村の胸の辺りでとめた。山村の遣う下段突きに対応した構えをとったのである。

7

……妙だ！

と、彦十郎は思った。

山村は、剣尖を彦十郎の臍の辺りにつけたまま動きをとめていた。身辺に殺気はあったが、斬り込んでくる気配がない。

ただ、彦十郎との間合はすこし狭まっていた。一歩大きく踏み込んで、突きを放てば、切っ先のとどく間合である。

と、右手にまわり込んでいた長身の男が、動いた。低い青眼に構え、切っ先を彦十郎にむけたままじりじりと間合を狭めてきたのだ。全身に、斬り込んでくる気配が高まっている。

……先に、右手の男が仕掛けてくる！

と、彦十郎は読んだ。

山村は、彦十郎が右手の男の斬撃を受けようとして動いた瞬間をとらえて仕掛けるつもりなのだ。

動いた瞬間に、山村の下段突きを浴びたら躱しようがない、と彦十郎は察知した。

イヤアッ！

突如、彦十郎は裂帛の気合を発し、右手に体をむけざま踏み込んだ。山村の下段突きがとどかない遠間のうちに仕掛けたのである。

一瞬、男の動きがとまり、その場につっ立った。突然、彦十郎が遠間から仕掛けたからだろう。

彦十郎は踏み込みざま、男にむかって袈裟に斬り込んだ。神速の太刀捌きである。

咄嗟に、男は彦十郎の斬撃を躱そうとして身を引いたが間に合わなかった。

ザクッ、と男の肩から胸にかけて小袖が裂け、あらわになった胸に血の線がはしった。男は驚愕（きょうがく）に目を剝いて、後じさった。あらわになった胸から血が流れ出ている。

彦十郎は男に二の太刀を浴びせれば、仕留められたが、後を追わずに反転した。山村が迫ってきたからである。

彦十郎は、素早い動きで体を山村にむけ、ふたたび青眼に構えた。

山村は高い下段に構えて、彦十郎との間合をつめ始めていたが、すぐに寄り身がとまった。低い青眼に構えた彦十郎の切っ先が、山村の胸の辺りにつけられたからだ。

「山村、邪魔者はいなくなったぞ」

彦十郎が、山村を見据えて言った。

彦十郎の両眼が、燃えるようにひかっていた。ひとを斬った後の血の滾(たぎ)りが、体を熱くしているのだ。


このとき、神崎と対峙していた佐々崎が仕掛けた。八相の構えから、踏み込みざま袈裟に斬り込んだ。

オオッ！

と、声を上げ、神崎は青眼の構えから刀身を袈裟に払った。

袈裟と袈裟――。

カキッ、という甲高い金属音がひびき、青火が散って、二人の刀身が眼前で合致した。

神崎と佐々崎は体を寄せ、刀身を立てたまま相手の刀を押し合った。鍔迫(つばぜ)り合(あ)いである。

だが、二人が鍔迫り合いで身を寄せていたのは、ほんの数瞬だった。二人は、刀身を強く押して背後に跳んだ。

跳びざま、佐々崎は胴を狙って刀身を横に払い、神崎は敵の籠手を狙って、切っ先を突き込んだ。一瞬の攻防である。

佐々崎の切っ先は神崎の右袖を裂き、神崎の切っ先は佐々崎の右の前腕を斬り裂いた。

二人は大きく背後に跳ぶと、ふたたび佐々崎は八相に構え、神崎は青眼に構えて、剣尖を敵の目線につけた。

タラタラと、佐々崎の右の前腕から血が滴り落ちていた。神崎の切っ先が、佐々崎の前腕の皮肉を浅く切り裂いたのだ。

「おのれ！」

佐々崎が顔をしかめた。両腕に力が入っているのか、八相に構えた刀身が小刻みに震えている。浅手だったが、右腕を斬られたことで、佐々崎は平静さを失っているようだ。

これを見た神崎の左手にいた渡世人ふうの男が、

「助太刀しやすぜ！」

と言いざま、長脇差の切っ先を神崎にむけたまま間合をつめてきた。全身に、そのまま斬り込んでくるような気配がある。

神崎は一歩身を引き、佐々崎との間合をとって半身になると、渡世人ふうの男にも気を配った。

一方、佐島は大柄な男と対峙していたが、先に佐島が仕掛けた。佐島の胸の内には、早く大柄な男を仕留めて、彦十郎と神崎に助太刀したいという思いがあったのだ。

佐島は八相に構えたまま摺り足で大柄な男との間合を狭めると、鋭い気合を発して袈裟に斬り込んだ。

咄嗟に、大柄な男は背後に身を引いて躱そうとしたが、佐島の太刀捌きが迅く、間に合わなかった。

大柄な男の小袖が、肩から胸にかけて裂け、あらわになった胸に血の線がはしった。男は驚愕に目を剝き、後ろへ逃げた。体が顫えている。傷は浅手だったが、斬られたことで恐怖を覚えたらしい。

佐島は、大柄な男が戦意を喪失しているのを見て、切っ先を彦十郎と対峙している山村にむけた。

「おのれ！　二人がかりか」

山村は下段突きの構えのまま後ずさり、彦十郎との間合を広くとった。対峙している彦十郎から気が逸れると、後れをとるとみたようだ。

「だれか、この年寄りを始末しろ！」

山村が叫んだ。

すると、山村の後方にいた二人の男が、山村の脇に近寄ってきた。二人とも、手にしているのは匕首だった。

二人の男に、山村が体をむけたときだった。増富屋の裏手にまわっていた三人の男が戻ってきた。そして、山村に身を寄せて、「始末がつきやした」と小声で言った。

山村は、更に後じさって彦十郎との間合をとると、

「引け！　始末がついた」

と声を上げ、反転して走りだした。

山村につづき、佐々崎や他の男たちも身を引くと、刀や長脇差などを手にしたまま走りだした。そして、横丁を表通りの方にむかった。逃げたのである。

このとき、路地のあちこちから男たちの歓声があがり、逃げる山村たちにむかって罵声が浴びせられた。

猪七が横丁の男たちを集めて、山村たちの背後から石礫(いしつぶて)を投げようとしていたときに、山村たちが逃げ出したのだ。

戸口にいた彦十郎は、

「神崎、佐島どの、いっしょに来てくれ」

そう声をかけ、増富屋に飛び込んだ。

裏手にまわった三人の男が、山村たちのそばに戻ってきて、「始末がつきやした」と言ったことが、彦十郎は気になった。三人の男が裏手から踏み込んで、平兵衛を斬り、納屋に閉じ込めておいた稲次郎と源助を助け出したのではないかとの思いが、彦十郎の胸をよぎったのだ。

彦十郎の後に、神崎と佐島がつづいた。

8

彦十郎たちは、増富屋の裏手にまわった。背戸はしめてあった。付近に、平兵衛の姿はない。

　彦十郎が背戸をたたきながら、「おれだ、風間だ。平兵衛、いるか」と声をかけた。すると、板戸の向こうで足音がし、

「風間さまですか」

と、平兵衛の声がした。平兵衛は無事らしい。

「そうだ、風間だ」

　彦十郎が声をかけると、すぐに板戸があいた。戸の間から顔を出した平兵衛が、

「無事でしたか。よかった」

と言って、ほっとしたような顔をした。

「背戸から、だれも押し入ってこなかったのか」

　彦十郎が訊いた。

「押し入ってくるどころか、戸をあけようとする音も聞こえませんでした」

「すると、裏手にまわった男たちは、納屋に閉じ込めてある稲次郎と源助を助けにきたのか」

　彦十郎は納屋に足をむけた。

平兵衛も、神崎たちといっしょに彦十郎の後についてきた。

彦十郎が納屋の板戸をあけた。なかは、薄暗かった。土間に、男が二人横たわっていた。血の臭いがする。

すぐに、彦十郎は納屋に踏み込み、横たわっている二人の男に目をやった。

……二人とも、殺されている！

彦十郎は息を呑んだ。土間に横たわっているのは、稲次郎と源助だった。二人は後ろ手に縛られたままである。

稲次郎の首が、折れたように傾いでいた。首を深く斬られたようだ。首の血管からの出血が激しく、土間に飛び散っていた。その脇に、源助が俯せに倒れていた。背後から、袈裟に斬られたらしい。源助も深い傷で、鎖骨が白く覗いていた。こちらも、出血が激しかった。

「あいつら、二人を助けにきたのではない。殺しにきたのだ」

神崎が目を剝いて言った。

「稲次郎と源助が喋ったとみて、殺したのかも知れぬ」

佐島が呟いた。

「それにしても、惨いことをする。仲間だったら、助ければいいのに」

彦十郎は、強い憤りを覚えた。

「稲次郎と源助は、近くの寺の隅にでも埋めてやりましょう」

平兵衛が言った。

彦十郎たちが表にまわると、平兵衛が、

「二階の二人に、下りてくるように話しましょうか」

と、彦十郎たちに目をやって訊いた。

「そうしてくれ。佐々崎たちが、引き返してくることはないだろう」

彦十郎は、散らかった部屋に、お春とおしげを長くとどめておきたくなかった。

彦十郎たちが土間でいっとき待つと、平兵衛につづいておしげとお春が階段を下りてきた。二人は、まだ不安そうな顔をしている。

彦十郎は二人がそばに来ると、

「安心していいぞ。ならず者たちは、追い払った」

そう声をかけた。

すると、お春が「よかった」と呟き、母親のおしげと顔を見合わせて、表情をやわらげた。

「これで、この店を襲うことはあるまい」

彦十郎はそう言ったが、確信はなかった。更に人数を多くして、増富屋を襲うかも知れない。

「お春、店には風間さまたちがいてくれるので安心だが、出歩くのは、しばらくやめた方がいいぞ。おはまさんのように、攫われるかも知れないからな」

平兵衛が、心配そうな顔をして言った。

「平兵衛の言うとおりだ。まだ、ならず者たちは、この横丁を狙っているようだからな。用心した方がいい」

彦十郎が言うと、お春とおしげがうなずいた。

話がとぎれると、おしげが、

「お茶でも淹れましょう」

と言い残し、お春を連れて奥へむかった。

女二人と入れ替わるように、猪七が戸口から入ってきた。

「猪七、どこへ行っていたのだ」

彦十郎が訊いた。山村たちが逃げた後、どこへ行ったのか、増富屋に戻ってこなかったのだ。

「山村たちの跡を尾けてみたんでさァ」

猪七が言った。

「それで、何か知れたのか」

「ちょいと、気になることを目にしやした」

「気になるとは」

彦十郎が訊くと、そばにいた神崎、佐島、平兵衛の目が猪七にむけられた。

「山村たちは、横丁の出入口近くで商いをしていた稲荷鮨売りと団子売りから話を聞いてやした」

「何を聞いていたのだ」

鶴亀横丁は、人通りの多い表通りに出入りできることもあって、出入口近くに物売りが店を出すことがあった。

稲荷鮨売りや団子売りは、屋台を天秤棒で担いできて、人通りの多い路傍や広小路などの隅に店を出すのだ。

「所場代を払っているか、訊いたそうでさァ」

猪七が言った。

「所場代をな」

権兵衛一家は鶴亀横丁を縄張にして、出店や物売りなどから所場代を取ろうとしているようだ、と彦十郎はみた。

どうやら、権兵衛の真の狙いは、鶴亀横丁を縄張にして支配することにあるようだ。

彦十郎と猪七のやりとりを聞いていた平兵衛が、

「権兵衛は、そのうちてまえのような店にも、所場代を出せといってくるかも知れませんよ」

と、眉を寄せて言った。

第四章　逆襲

1

「権兵衛は、喜乃屋の別棟にいるとみていいな」

彦十郎が言った。

増富屋の帳場の奥の座敷に、彦十郎、神崎、猪七、平兵衛の四人が集っていた。山村たちが増富屋を襲い、納屋に閉じ込めておいた稲次郎と源助を殺した翌日である。

「あっしも、別棟にいるとみてやす」

猪七が言うと、神崎もうなずいた。

「別棟に踏み込んで、お勝とおはまを助け出すのは難しいぞ」

おそらく、喜乃屋には権兵衛の子分だけでなく、山村と佐々崎もいるだろう。彦十郎は、己と神崎、猪七の三人だけで、別棟に踏み込んで助け出すのは無理だと思った。

「そうだな」

神崎が呟くような声で言った。

次に口をひらく者がなく、座敷が重苦しい沈黙につつまれたとき、

「攫われたお勝さんとおはまさんは、喜乃屋の別棟にいるとはっきりしてるんですか」

平兵衛が小声で訊いた。

「いや、はっきりしているわけではない」

彦十郎が言った。芸者が、喜乃屋の別棟から女の泣き声が聞こえたと話したことを、楊枝屋の娘から耳にしただけなのだ。

彦十郎が、楊枝屋の娘から耳にしただけだと話すと、

「それでは、危険を冒して踏み込んでも、お勝さんとおはまさんは、いないかも知れませんよ」

と、平兵衛が言った。

「確かに、そうだ」

彦十郎も、女の泣き声だけで、お勝とおはまが閉じ込められていると決め付けるわけにはいかないと思った。

「喜乃屋の別棟に、二人が閉じ込められているかどうか、はっきりさせるのが先だな」

神崎が言った。

そこで、話がとぎれ、座敷は沈黙につつまれた。すると、猪七が、

「喜乃屋で一杯やりやすか。酌にきた女中に、それとなく訊くんでさァ」

と、目を細めて言った。

「おれたちが、喜乃屋で一杯やるのか」

彦十郎が訊いた。

「そうでさァ」

「おい、身なりを変えてもばれるぞ。喜乃屋には、権兵衛の子分もいる。おれたちの顔を知っている者もいるはずだ」

彦十郎が言った。山村や子分たちに、狭い座敷のなかで取り囲まれたら、生きて戻れないだろう。

「いずれにしろ、喜乃屋の別棟にお勝とおはまが閉じ込められているのか、はっきり

させないとな」

神崎が言った。

「喜乃屋で一杯飲むのは後にして、店に出入りしている子分か若い衆を、ひとり捕らえて様子を訊くか」

彦十郎は、喜乃屋に出入りしている者なら別棟のことも知っているとみた。

「それしかないな」

神崎が言うと、猪七もうなずいた。

彦十郎、神崎、猪七の三人は、身装を変えて並木町に行くことにした。喜乃屋を見張り、話の聞けそうな者が、店から出てきたら跡を尾けて捕らえるのである。

神崎と猪七はいったん家に戻り、身装を変えてから増富屋に戻ることになった。

彦十郎も、二階の部屋で着替えるために階段を上がった。彦十郎は、牢人ふうに変装することにした。

彦十郎は小袖にたっつけ袴で、大小を腰に帯びた。旅装の武芸者のようである。顔は網代笠で隠すつもりだった。以前と同じように、変装したのだ。

彦十郎が着替えを終えて半刻（一時間）ほどすると、神崎と猪七が姿を見せた。神崎は小袖に角帯で大刀を一本落とし差しにしていた。神崎も以前と同じように、無頼牢人を思わせる恰好をしていた。顔は、手拭を頬かむりして隠すはずである。

猪七は、小袖を裾高に尻っ端折りし、両脛をあらわにしていた。遊び人ふうである。すでに、顔は手拭で頬かむりしていた。

「出かけるか」

彦十郎が二人に声をかけ、増富屋から出ようとした。すると、平兵衛が近付いてきて、

「気をつけてくださいよ。喜乃屋の近くには、子分たちの目がひかっているはずですからね」

と、心配そうな顔をして言った。

「案ずるな。無理はしないから」

そう言い置き、彦十郎は神崎たちといっしょに増富屋を出た。

彦十郎たちは、西仲町の道をたどって浅草寺の門前通りに出た。通りの左右にひろがっているのが並木町で、喜乃屋は門前通り沿いにある。

彦十郎たちは喜乃屋の店先が見えるところまで来ると、路傍に足をとめた。

「客は多いようだ」

彦十郎が言った。喜乃屋から、客の談笑の声や嬌声、三味線の音などが聞こえてき

た。

「どこかに身を隠して、話の聞けそうな者が店から出てくるのを待つしかないな」

神崎が喜乃屋に目をやって言った。

彦十郎たちは喜乃屋から離れ、目立たないように別々になって路傍やそば屋の脇などから喜乃屋の店先に目をやった。

喜乃屋の客が、ときおり出入りしていた。店を出る客は、店先で女将や女中などに見送られることが多かった。なかには、客の荷を持った若い衆が、女将といっしょに戸口まで出て見送ることもあった。ただ、若い衆が店から離れなければ、捕らえることはできない。

彦十郎たちは辛抱強く、若い衆が喜乃屋の店先から離れるのを待った。彦十郎たちが路傍に立って、半刻（一時間）ほど経ったろうか。

女将が客を送り出し、店に戻るのと入れ替わるように、若い衆がひとり店から出てきた。若い衆は、門前通りを南にむかっていく。どうやら、客を送り出すのとは別の用があって、喜乃屋を出たらしい。

2

彦十郎は喜乃屋に目をやっていた場所から離れ、足早に若い衆の後を追った。神崎と猪七も、彦十郎からすこし間をとって若い衆の跡を尾けていく。

彦十郎たちは足を速めて、若い衆に近付いた。門前通りは大勢の参詣客や遊山客などが行き交っていたので、若い衆との間をつめても気付かれる恐れがなかったのだ。

いっとき歩くと、駒形堂の脇まで来た。若い衆は右手におれ、駒形堂の方へ足をむけた。そして、駒形堂の脇を通り過ぎて大川端へ出ると、川下にむかった。

彦十郎たちは大川端へ出ると、歩調を緩めて若い衆との間をとった。大川端の通りは人通りが少なく、近付くと気付かれる恐れがあったのだ。

若い衆は尾行されているなどとは思っていないらしく、後を振り返って見るようなことはなかった。

それでも、彦十郎たちは、大川端に植えられた柳の樹陰や通行人の背後などに身を隠しながら若い衆の跡を尾けた。

左手に大川の川面がひろがり、右手には駒形町の家並がつづいていた。人通りが少なくなったせいもあるのか、大川の流れの音が、急に大きくなったように感じられた。更に歩くと、道沿いの店や家はまばらになり、空き地や笹藪なども見られるようになってきた。

彦十郎は歩調を緩め、神崎と猪七が近付くの待ち、

「この辺りで、捕らえよう」

と、声をかけた。

「あっしが、やつの前に出やす」

そう言い残し、猪七が小走りになって若い衆を追った。彦十郎と神崎も足を速め、若い衆との間をつめていく。

前を行く若い衆は、彦十郎たちの動きにまったく気付かなかった。足音を大川の流れの音が、消してしまったからだろう。

猪七は若い衆に近付くと、通りの脇に身を寄せて追い越した。そして、若い衆の前に出てから反転し、道のなかほどに立って行く手をふさいだ。

若い衆は、驚いたような顔をして立ち止まった。見知らぬ男が、ふいに目の前に立ち塞がったからである。

「だれだ、てめえは！」

若い衆が、目をつり上げて怒鳴った。

「ちょいと、おめえに用があってな」

猪七が薄笑いを浮かべて言った。

猪七と若い衆がやりとりしている間に、彦十郎と神崎は若い衆の背後に足早に迫っていく。

ふいに、若い衆が振り返った。背後に迫る彦十郎たちに気付いたようだ。

「て、てめえたちは、鶴亀横丁のやつらか！」

若い衆が、うわずった声で言った。どうやら、鶴亀横丁のことを仲間から聞いていたようだ。

彦十郎は無言で刀を抜き、刀身を峰に返した。峰打ちで仕留めるつもりだった。神崎は抜刀しなかった。この場は、彦十郎にまかせる気らしい。

「やる気か！」

言いざま、若い衆は懐に右手をつっ込んだ。匕首を握ったらしいが、手が震えてなかなか取り出せない。

「遅い！」

彦十郎は素早く踏み込み、刀身を横に払った。一瞬の太刀捌きである。

若い衆は懐に手をつっ込んだまま呻き声を上げ、前によろめいた。峰打ちが、若い衆の腹を強打したのだ。

若い衆は足をとめると、その場にうずくまった。左手で腹を押さえている。

「猪七、こいつに縄をかけてくれ」

彦十郎が猪七に声をかけた。

猪七はすぐに、うずくまっている若い衆の後ろにまわり、懐から細引を取り出した。そして、若い衆の両腕を背後にとって早縄（はやなわ）をかけた。猪七は若い頃岡っ引きだっただけあって、縄をかけるのは巧みである。

「ここで、話を聞くわけにはいかないな」

彦十郎が、通りに目をやって言った。人通りは少なかったが、それでも行き交うひとの姿があった。いまも、すこし離れた場所で足をとめ、彦十郎たちに目をやっている者たちがいた。

彦十郎たちは、若い衆を鶴亀横丁まで連れていくことにした。人気（ひとけ）のない路地や新道をたどれば、鶴亀横丁まであまり人目に触れずに連れていくことができるだろう。ただ、どうしても、人通りの多い日光街道を横切らねばならなかった。

彦十郎たちは街道を横切るときだけ、三人で若い衆を取り囲み、縛ってある縄が見えないようにした。

　鶴亀横丁の増富屋に着くと、彦十郎たちは若い衆を店の裏手にある納屋に連れ込んだ。これまでも、捕らえた男を尋問した場所である。

　彦十郎たちは、若い衆を納屋の土間に座らせると、

「おまえの名は」

　と、彦十郎が訊いた。

　いっとき若い衆は口をひらかなかったが、

「弐吉でさァ」

　と、名乗った。名を隠しても、どうにもならないと思ったのだろう。

「弐吉、喜乃屋には別棟があるな」

「ありやす」

「別棟に権兵衛がいるな」

「……………」

　弐吉は口をつぐんだ。

「弐吉、ここがどこか分かっているのか。おまえたちの仲間だった稲次郎と源助を捕らえて監禁しておいたところだ」

彦十郎が二人の名を出すと、弐吉は顔を上げて彦十郎を見た。

「稲次郎と源助は、ここで殺された。……だれに殺されたと思う」

「し、知らねえ」

弐吉が声を震わせて言った。

「おまえがよく知っている男たちだ。……山村や佐々崎たちが、この店を襲ったのだ。そのとき、山村たちの仲間の三人がこの納屋に踏み込んだ。三人は稲次郎と源助を助けるどころか、この場で殺したのだ。二人の口封じのためにな」

「……！」

弐助の顔が、ひき攣ったように歪んだ。

彦十郎は刀を抜き、切っ先を弐吉の頬にむけると、

「仲間がここに来るとすれば、おまえを殺すためだぞ。……そんな仲間のために、おまえはここで痛い思いをしても、口をひらかないのか」

そう言って、いっとき間をおいてから、

「権兵衛は、喜乃屋の別棟にいるな」

と、念を押すように訊いた。

「いやす」

弐助が小声で言った。

「鶴亀横丁から攫ったお勝という母親とおはまという娘が、監禁されているな」

更に、彦十郎が訊いた。

「女が二人、別棟に閉じ込められていると聞きやしたが、名は知らねえ」

弐助は隠さずに話すようになった。権兵衛や仲間を庇（かば）うことはないと思ったのだろう。

「そうか」

彦十郎は、お勝とおはまにまちがいない、と思った。

「山村と佐々崎も、別棟にいるのか」

彦十郎は刀を鞘（さや）に納めた。弐助を脅す必要がなくなったのだ。

「いつもじゃァねえが、いるときが多いようで」

「別棟には、客も入れるのか」

彦十郎は、攫った女を監禁したり、山村などの子分たちが出入りする別棟に客を入れるとは思えなかったのだ。

「親分が別棟にいるようになってから、客は入れねえようでさァ」

「やはり、そうか」

権兵衛は、喜乃屋に身を隠す前、別の場所に住んでいたのだ。その後、喜乃屋の別棟に身を隠すようになってから、客は入れないようにしているらしい。

彦十郎が弐助の前から下がると、

「権兵衛は、喜乃屋の別棟でも金貸しをやってるのではないか」

神崎が訊いた。

「やってやす」

弐助によると、資金繰りに困った商家の旦那などが借りにきたり、喜乃屋の客で、飲食代が払えなくなった者が、一時凌ぎに権兵衛から金を借りることがあるという。

「権兵衛は、別棟に身を隠すだけでなく、そこで金貸しもやっているようだ」

神崎が、彦十郎に目をやって言った。

3

「弐助、喜乃屋の別棟の他にも、金を貸している場があるな」

彦十郎が訊いた。権兵衛は喜乃屋の別棟に身を隠す前、東仲町の家で質屋を装って金を貸していたのだ。喜乃屋や東仲町の家の他にも、金貸しをしている場所があっても不思議はない。

「ありやす」

すぐに、弐助が言った。

「どこだ」

「材木町の料理屋のそばにありやす」

「その料理屋は、材木町のどの辺りにあるのだ」

浅草材木町は並木町の東側にあり、大川端沿いにひろがっている。大きな町なので、材木町と分かっただけでは、探すのが難しい。

「吾妻橋（あづまばし）のたもと近くで」

吾妻橋は大川にかかっており、浅草と本所を繋（つな）いでいる。

「金を貸している家は、何か商売でもしているのか」

彦十郎が訊いた。権兵衛は東仲町で質屋を装っていたように、表向きは何か商売をしているように見せているかも知れない。

「隠居所でさァ」

弐助によると、隠居していたのは、浅草御蔵（おくら）の近くにある米問屋の隠居だそうだ。その米問屋を継いだ倅（せがれ）が喜乃屋で飲み、金が足りなくなって、権兵衛から金を借りたという。倅はしばらく借金を放っておいたために、利息が膨らんで払えなくなり、その借金のかたに、隠居所を取られてしまった。そこに住んでいた隠居は、仕方なく店に戻ったが、半年ほどして亡くなったそうだ。

「隠居所のそばにも、料理屋があるのか」

「ありやす」

「店の名は」

「清乃屋でさァ」

弐助が、清乃屋はあまり大きな料理屋ではないと話した。清乃屋には権兵衛が住むような部屋もないので、店に行っても泊まることはないという。

「喜乃屋と清乃屋か。似たような店の名だな」

彦十郎は、権兵衛が店の名を付けたのだろうと思った、

「子分たちは、清乃屋にも出入りしているのではないか」

彦十郎が声をあらためて訊いた。権兵衛の子分たちの動きが知りたかったのだ。

「親分の指図で、山村の旦那や佐々崎の旦那が、時々様子を見にいっているようでさァ」

「佐々崎と山村は、いっしょに喜乃屋を出るのか」

「二人いっしょに、清乃屋に行くことは滅多にねえ。どちらか、喜乃屋の親分のそばに残りまさァ」

「佐々崎と山村のどちらかが清乃屋に行くとき、他の子分もいっしょか」

「二、三人連れていくことが多いようで」

「子分は、二、三人か」

彦十郎は、佐々崎か山村を討ついい機会だと思った。どちらかひとりを討ち取れば、戦力は半減する。そうすれば彦十郎たちだけで喜乃屋の別棟に踏み込み、権兵衛を討つなり捕らえるなりできるだろう。

「それで、佐々崎や山村が清乃屋にいくのは、何時ごろが多いのだ」

彦十郎が訊いた。佐々崎や山村が、何時ごろ店を出るか分かれば、一日中、店を見張らないで済む。

「何時ごろか分からねえが、山村の旦那も佐々崎の旦那も店を出るのは、昼過ぎでさァ」

「昼過ぎだな」

彦十郎が念を押すように言った。そして、神崎と猪七とともに納屋から出た。

彦十郎は増富屋の表にまわる途中、

「佐々崎か山村を討つ、いい機会だぞ」

そう言って、清乃屋を見張り、佐々崎か山村が姿を見せたときに討つことを話すと、

「おれも、二人を討ついい機会とみた」

神崎が言い添えた。

「弐助は、しばらく納屋に閉じ込めておくか」

彦十郎は、弐助をこのまま帰すわけにはいかないと思った。

翌日、彦十郎は早目に昼飯を食い、神崎と猪七が増富屋に来るのを待って鶴亀横丁を出た。

彦十郎たちは表通りに出てから東にむかい、浅草寺の門前通りを横切って大川端へ出た。その辺りが、材木町である。

「清乃屋があるのは、吾妻橋のたもと近くだったな」

彦十郎が、大川の上流に目をやって言った。

大川にかかる吾妻橋が、目の前に横たわっていた。橋を渡る人々の姿も見ることができた。

「この近くかも知れんぞ」

　彦十郎たちは、川沿いの店に目をやりながら川上にむかって歩いた。

　この辺りは浅草寺に近いこともあって、通り沿いには料理屋、そば屋、一膳めし屋などの飲み食いできる店が目についた。ただ、門前通りにある店と違って、大きな店は少なかった。それに、参詣客や遊山客だけでなく、地元の者も出入りしているらしい。

　彦十郎たちが吾妻橋のたもと近くまで来たとき、

「あそこに、料理屋がありやすぜ」

　そう言って、猪七が通り沿いの店を指差した。

　二階建ての料理屋だが、喜乃屋に比べると小体だった。二階には、二間しかないようだった。それでも、客がいるらしく、二階の座敷から男の談笑の声が聞こえた。

　店の裏手は、大川だった。店の脇から大川の川面が見えた、秋の陽射し（はね）を反射て、キラキラひかっている。

「店の脇に、隠居所らしい家があるぞ」

　彦十郎は、料理屋の脇に板塀をめぐらせた隠居所らしい家があるのを目にした。

「料理屋に、近付いてみるか」

彦十郎たちは、通行人を装って料理屋に近付いた。

店の入口近くまで行くと、入口の脇の掛看板に「御料理　清乃屋」と書いてあった。弐助が話した店である。

彦十郎たちは店の前を通り過ぎ、半町ほど歩いてから大川端に足をとめた。

「清乃屋にまちがいない」

彦十郎が言った。

「清乃屋の脇にある板塀をめぐらせた家が隠居所で、金を貸すところか」

「そのようだ」

彦十郎は、権兵衛の子分が何人かいて、金を貸しているのだろう、とみた。山村と佐々崎は清乃屋に来たとき、隠居所にも顔を出すにちがいない。

「どうする」

神崎が訊いた。

「近くに身を隠して、佐々崎か山村が姿を見せるのを待つしかないな」

そう言って、彦十郎は通り沿いに目をやった。

「どうだ、あそこの桟橋に腰を下ろして、清乃屋を見張るか」

彦十郎が、川沿いの船宿の脇にある桟橋を指差して言った。猪牙舟（ちょきぶね）が、二艘舫（そうもや）ってある。その桟橋に、つづく短い石段があった。その石段に腰を下ろせば、清乃屋と隠居所の両方を見張ることができそうだ。それに、石段の脇には枝葉を伸ばしている桜があり、日陰になっていた。

「そうしよう」

神崎が言い、彦十郎たち三人は桟橋に足をむけた。

三人は石段に腰を下ろしたが、小半刻（三十分）ほどすると、

「三人もで、雁首（がんくび）をそろえて見張ることはねえ。あっしが、しばらく見張りやすから、風間の旦那と神崎の旦那は、そこにある一膳めし屋で一杯やってきてくだせえ」

猪七がそう言って、道沿いにある一膳めし屋を指差した。

「そうだな。交替して見張るか。半刻（一時間）ほどしたら、おれと交替しよう」

彦十郎はそう言って、神崎と二人でその場を離れた。

4

猪七は石段に腰を下ろしたまま、ときおり大川沿いの通りに目をやった。武士も通ったが、山村や佐々崎は、姿を見せなかった。

猪七がひとりになって、半刻ほど過ぎたろうか。そろそろと彦十郎と替わる頃かと思い、一膳めし屋に目をやったとき、視界の隅に武士の姿が見えた。すぐに、その武士に顔をむけた。

……佐々崎だ！

猪七は胸の内で叫んだ。

佐々崎が二人の遊び人ふうの男と何やら話しながら、清乃屋の方に歩いてくる。

猪七は立ち上がり、一膳めし屋に行こうと思ったが、思いとどまり、その場にあらためて腰を下ろした。いま、通りに出ると、佐々崎の目にとまる恐れがあったのだ。

猪七は、佐々崎たちが桟橋の前を通り過ぎて、清乃屋へ入るのを待ってから、通りに飛び出した。そして、一膳めし屋の方に小走りにむかうと、店先から彦十郎と神崎が出てきた。二人は、猪七の方へ足早に歩いてくる。

「来やしたぜ、佐々崎が！」

猪七が昂(たかぶ)った声で言った。

「おれたちも、佐々崎を目にした。それで、急いで店から出てきたのだ」

彦十郎が言った。

「どうする」

神崎が訊いた。

「清乃屋に、踏み込みやすか」

猪七が言った。

「駄目だ。出てくるのを待つしかない」

清乃屋に踏み込めば、大騒ぎになる。佐々崎を討つのは、難しくなるはずだ。それに、彦十郎たちが仕掛けたことが、権兵衛たちにすぐ知れてしまう。

彦十郎たち三人は、ふたたび桟橋につづく石段に腰を下ろして、清乃屋の店先に目をやった。

彦十郎たちがその場に来て、小半刻（三十分）ほど経ったとき、清乃屋の店先から武士が出てきた。

「佐々崎だ！」

神崎が声を上げた。

見ると、佐々崎と遊び人ふうの男が二人、清乃屋から出てきた。女将らしい年増が、いっしょである。

「やつらは、隣の隠居所へ行くのかも知れねえ」

猪七が立ち上がって言った。

「行くぞ！」

彦十郎は石段から通りに出ると、隠居所の前へ足早にむかった。猪七は、彦十郎につづいた。

神崎は、通りかかった物売りらしい男の背後に身を隠すようにして、清乃屋にむかった。佐々崎たちの背後に、まわろうとしているのだ。

佐々崎は二人の遊び人ふうの男と何やら話しながら、隠居所の方へ歩いてくる。まだ、彦十郎たちに、気付いていないようだ。

佐々崎は隠居所の近くまで来ると、硬直したようにその場につっ立った。彦十郎と猪七の姿を目にしたようだ。後ろにいた二人の遊び人ふうの男も、彦十郎に気付いたらしく、戸惑うような顔をして立っている。

彦十郎は疾走した。佐々崎たちの前に、立ち塞がろうとしたのだ。

「風間だ！」

叫びざま、佐々崎が反転した。彦十郎から逃げようとしたらしい。二人の遊び人ふうの男も、慌てて踵を返した。

だが、三人ともその場から動けなかった。背後から神崎が迫ってきたからだ。

「挟み討ちか！」

佐々崎は、叫びざま抜刀した。二人の遊び人ふうの男も、懐から匕首を取り出した。闘うつもりらしい。

通りかかった者たちが、佐々崎と遊び人ふうの男が手にした刀や匕首を見て、悲鳴を上げて逃げ散った。

彦十郎が、佐々崎の前に立った。神崎は、二人の遊び人ふうの男を前にして足をとめた。猪七は、彦十郎からすこし間を取って背後に立っている。この場は、彦十郎と神崎にまかせる気なのだ。

「佐々崎、観念しろ」

彦十郎は刀を抜き、切っ先を佐々崎にむけた。

「おのれ！」

佐々崎は抜刀したが、構えをとらずに身を引いた。そして、彦十郎との間合をとると、

「出てこい！　鶴亀横丁のやつらだ」

と、大声で叫んだ。隠居所にいる仲間を呼んだらしい。

すぐに、隠居所の板戸があいて、男が二人出てきた。二人とも、遊び人ふうの恰好をしている。

「あそこだ！　佐々崎の旦那だぞ」

大柄な男が声を上げた。

「清乃屋の者に、刀をむけている二本差しもいる」

もうひとりの男が、神崎を指差して叫んだ。

「手を貸せ！　こいつらは、おれたちを殺しに来たのだ」

佐々崎が言うと、二人の男が走り寄った。

「猪七、逃げろ！」

彦十郎が叫んだ。猪七の持っている十手では、匕首を手にした男に太刀打ちできないだろう。それに、相手はひとりではない。

「ちくしょう！」

猪七は顔をしかめて後ずさった。そして、彦十郎から離れると、桟橋の方へむかって走った。

新たにくわわった二人の男は猪七を追わず、彦十郎の背後にまわり込んできた。

5

彦十郎は、佐々崎と対峙した。二人の間合は、およそ三間。まだ、一足一刀の斬撃の間境の外である。

彦十郎は青眼、佐々崎は八相に構えた。二人は全身に気勢を漲らせ、気魄で攻め合っていたが、間合を狭めようとはしなかった。二人とも、迂闊に仕掛けられなかったのだ。

彦十郎は、背後にまわり込んできた二人の遊び人ふうの男の動きが気になっていた。二人とも匕首を手にして身構え、ジリジリと間合を狭めてきた。

このまま、彦十郎が佐々崎に仕掛けると、背後に隙ができる。遊び人ふうの男たちに、その隙を狙って仕掛けられると、匕首をあびる恐れがあったのだ。

彦十郎は、背後の二人のかすかな足音と息の音から間合と気配を読んでいた。二人の男は、しだいに近付いてくる。

彦十郎は、背後からの攻撃に備えて、佐々崎に対して半身になった。そして、背後から迫ってきた二人の男を、目の端でとらえた。

……間合が近い！

と、察知した彦十郎は、いきなり背後の二人に体をむけ、

イヤアッ！

と裂帛の気合を発し、近間にいた長身の男にむかって斬り込んだ。

振りかぶりざま、袈裟へ――。

一瞬の動きだった。彦十郎の切っ先が、長身の男の肩から胸にかけて斬り裂き、あらわになった肌から血が奔騰した。

男は血を撒きながらよろめき、足がとまると、腰から沈むように転倒した。男は地面に伏臥し、苦しげな呻き声を上げている。

もうひとり、背後にいた男は、恐怖に顔を歪めて後じさった。彦十郎にむけた切っ先が震えている。

彦十郎は、もうひとりの男にかまわず、素早い動きで、佐々崎に切っ先をむけた。佐々崎は彦十郎の背後に近付いていたが、慌てて身を引いた。

「佐々崎、こい！」

彦十郎が、語気を強くして言った。いつになく高揚し、彦十郎の双眸が猛虎の目のようにひかっている。

「おのれ！」

言いざま、佐々崎は手にした刀を振りかぶり、上段に構えた。

柄を握った両拳を高くとり、切っ先で天空を突くように刀身を垂直に立てた。大きな構えである。

すかさず、彦十郎は刀身をすこし上げ、剣尖を佐々崎の柄を握った左拳につけた。上段に対応する構えをとったのだ。

彦十郎と佐々崎の間合は、まだ三間ほどあった。斬撃の間境の外である。

二人は、青眼と上段に構えたまま全身に気勢を込め、斬撃の気配を見せて気魄で攻め合っていた。気攻めである。

そのとき、佐々崎の柄を握った左拳が、ピクッ、と動いた。全身に、斬撃の気が高まっている。

「いくぞ！」

佐々崎が声をかけ、先をとった。

高い上段に構えたまま、趾を這うように動かし、ジリジリと間合を狭めてきた。

対する彦十郎は動かなかった。剣尖を佐々崎の左拳につけたまま、二人の間合と佐々崎の気の動きを読んでいる。

ふいに、佐々崎の寄り身がとまった。斬撃の間境まで、まだ半間ほどある。佐々崎は、このまま斬撃の間境に踏み込むと、彦十郎の斬撃をあびると察知したようだ。

佐々崎は、その場に立ったまま全身に気勢を漲らせ、いまにも斬り込んできそうな気配を見せた。気魄で攻めて、彦十郎の気を乱そうとしたようだ。

彦十郎も、全身に気魄を込めて佐々崎を攻めた。気と気の攻防である。

このとき、神崎は二人の男を相手にしていた。前に立った赤ら顔の男が長脇差を構え、背後にまわった小柄な男は、匕首を手にしている。

「殺してやる！」

赤ら顔の男が叫びざま、踏み込んできた。

男は気攻めも牽制もせず、脇差を振りかぶり、いきなり神崎に斬り付けてきた。機先を制して斬り付ける喧嘩剣法といっていい。

咄嗟に、神崎は右手に踏み込み、刀身を横に払った。

男の長脇差は、神崎の左袖をかすめ、神崎の切っ先は男の腹を横に切り裂いた。

グワッ、という呻き声を上げ、男は手にした長脇差を落とし、その場にうずくまった。そして、男は斬られた腹を両手で押さえた。その指の間から、臓腑が覗いている。

この凄絶な切り合いを目にした小柄な男は、悲鳴を上げて逃げ出した。

神崎は逃げる小柄な男を追わず、彦十郎に目をやった。

彦十郎は、佐々崎と対峙していた。彦十郎は青眼、佐々崎は大きな上段である。二人の間合は、斬撃の間境の半間ほど手前だった。二人は全身に気勢を込め、気魄と気魄で攻め合っていた。

そのとき、佐々崎が一歩身を引き、神崎に視線をやった。佐々崎が顔をしかめた。味方の男が逃げ、血刀を引っ提げた神崎が、近付こうとしているのを目にしたようだ。

佐々崎は更に身を引き、

「勝負、預けた！」

と、叫び、その場から逃げようとして反転した。

「逃がさぬ！」

彦十郎は、抜き身を手にしたまま逃げる佐々崎を追った。彦十郎の後から、神崎も追ってくる。二人とも、何とかこの場で、佐々崎を討ち取りたいと思っているのだ。

佐々崎は、大川端の通りを川上にむかって逃げた。手にした刀身が、青白くひかっている。

佐々崎は、彦十郎たちが身を隠していた栈橋につづく石段の前まで来ると、足をとめた。そして、戸惑うような顔をしたが、すぐに石段を下り始めた。

　桟橋には、猪牙舟が二艘舫ってあった。近くに、船頭の姿はなかった。舟は波に揺れている。

　佐々崎につづいて、彦十郎と神崎も石段を下りた。

　佐々崎は一艘の猪牙舟に飛び乗ると、艫(とも)に行き、杭に繋いである舫い綱を外そうとした。舟で逃げるつもりらしい。

　だが、舫い綱はすぐに外れなかった。

「逃がさぬ!」

　彦十郎は、抜き身を手にしたまま舟に乗り込んだ。ここまで佐々崎を追ってきて、逃がしたくなかったのだ。

　彦十郎は揺れる舟から落ちないように腰を沈め、そろそろと佐々崎に近付いた。

　佐々崎は振り返り、足元にあった竹竿(たけざお)を摑んで振り上げようとした。そこへ、彦十郎が身を寄せ、手にした刀で斬り付けた。

　切っ先が、佐々崎の左肩を斬り裂いた。真っ向へ斬り込んだのだが、舟が揺れて切っ先が逸れたのである。

　佐々崎は竹竿を取り落とし、後ろへ逃げようとしたが、体勢が崩れて船縁(ふなべり)から川に落ちた。

水飛沫とともに佐々崎の体は水中に沈んだが、すぐに川面に顔を出した。川の流れのせいか、彦十郎のいる舟からは、四、五間離れていた。その辺りは、胸ほどの深さらしい。佐々崎は水面から顔を出し、川下にむかって桟橋から離れていく。

彦十郎は舟に乗って、佐々崎を追うかどうか迷ったが、すぐに舟から桟橋に飛び下りた。舟を扱ったことがなかったので、棹も櫂も使えない。それで、岸際を走って、佐々崎の後を追おうとしたのだ。

彦十郎は、岸際にいた猪七といっしょに佐々崎を追った。だが、二町ほど追って、佐々崎の姿を見失った。岸際に民家や店があり、川面が見えなくなったせいもあるが、流れに乗って川下にむかう佐々崎の動きが思いの外速かったのだ。

6

翌日、彦十郎は猪七だけを連れて、ふたたび浅草材木町にむかった。彦十郎は、佐々崎に一太刀浴びせたこともあり、佐々崎が大川に飛び込んだ桟橋の近くを探れば、佐々崎の居所が摑めるのではないかと思ったのだ。清乃屋に戻っている可能性が高かったが、清乃屋にいれば、姿を現すのを待って討ち取ればいい。

神崎を連れてこなかったのは、昨日彦十郎が増富屋に戻った後、平兵衛が、

「妙な男が、近所の店を探っているようでした」

と前置きし、遊び人らしい男が、増富屋と近所の店を覗いたり、通りかかった者に店のことを訊いたりしていた、と彦十郎に話したのだ。

それで、念のために、神崎と佐島は鶴亀横丁に残ってもらった。それに、佐々崎は手傷を負っているので、清乃屋にいても、子分たちといっしょに彦十郎と猪七を襲うようなことはないとみたのだ。

まず、彦十郎たちは清乃屋へ行ってみた。

「清乃屋は、しまってますぜ」

猪七が言った。

「商売はしてないようだ」

清乃屋の店先に、暖簾が出てなかった。それに、店はひっそりとして話し声も物音も聞こえなかった。店の女将や料理人などはいるのだろうが、店はしまっているようだ。

「昨日のことがあって、店をあけないのかも知れん」

彦十郎は、隠居所もみてみようと思った。

「旦那、隠居所もやけに静かですぜ」

猪七が、隠居所の戸口に目をやりながら言った。

「だれもいないのかな」

彦十郎は、「戸口に近付いてみるか」と言って、隠居所に足をむけた。猪七は、彦十郎の後についてきた。

彦十郎は、戸口に近寄った。板戸がしまっている。家のなかから、物音も人声も聞こえなかった。

「留守のようだ」

彦十郎が小声で言った。

「昨日（きのう）、あっしらに襲われたので逃げちまったのかな」

「そうかも知れん」

彦十郎は、それにしても、早過ぎる、と思った。胸の内には、逃げたのではなく、何か別の手を打ったのではないかという思いもあった。

「近所で、訊いてみやすか」

猪七が言った。

「そうだな。清乃屋の女将や若い衆などを見掛けた者がいるかも知れない」

彦十郎は、清乃屋の近くで聞き込みにあたってみようと思った。

「そこに、八百屋がありやす。あっしが、親爺に訊いてきやしょう」

猪七が通りの先を指差して言った。

半町ほど先の道沿いに、八百屋があった。店先に親爺らしい男がいて、年増と話していた。年増は、近所にある長屋に住む女房らしい。茄子らしい物を手にしている。

猪七が親爺のそばに行くと、年増が「また、くるね」と言い残し、手にした茄子を手にしたまま店から離れた。どうやら、年増は茄子を買いにきて、親爺と立ち話を始めたらしい。

「いらっしゃい」

親爺は猪七に声をかけたが、顔には不審そうな色があった。客には見えなかったのだろう。

猪七は懐に手をつっ込んで、昔使った十手を覗かせ、

「ちと、訊きてえことがあってな」

と、小声で言った。

「なんです」

親爺が猪七に身を寄せて言った。顔から不審そうな色が消えている。猪七のことを、御用聞きと思ったようだ。

「そこに、清乃屋ってえ料理屋があるな」

猪七が清乃屋を指差した。

「へえ」

「あの料理屋に出入りしているやつを探っているのだが、今日はどうしたわけか、店をひらいてねえんだ」

猪七はそう言った後、「何か知ってるかい」と声をひそめて訊いた。

「そう言えば、今朝方（けさがた）、女将さんと若い衆たちが、店を出るのを見ましたよ」

親爺が言った。

「女将さんたちは、どこに行ったか分かるかい」

「分かりませんねえ」

親爺は、首をひねった。

「二本差しは、いなかったかい」

猪七は、佐々崎を念頭に置いて訊いたのだ。

「いなかったな」

「あの隠居所にいた男たちも、清乃屋の女将さんたちといっしょに出ていきましたよ」

「清乃屋の近くに、隠居所があるな。あそこには、金貸しがいたはずだが、いまはだれもいねえのかい」

佐々崎は、清乃屋に戻らなかったらしい。

「そうかい」

親爺はそう口にした後、「すぐ、戻るはずですさァ。前にも、こういうことがありやしたからね」と、言い添えた。

「前にもあったのかい」

猪七が身を乗り出して訊いた。

「女将さんは、情夫（いろ）のところに行ったのかも知れませんよ」

「情夫か」

猪七は、権兵衛のところだとみた。

「手間をとらせたな」

猪七はそう言い置いて、八百屋の店先から離れた。

猪七は、路傍で待っていた彦十郎のそばにいき、八百屋の親爺とやりとりしたことをかいつまんで話した。

「隠居所にいた男たちも清乃屋の女将たちも、おれたちに居所を摑まれたと知って、姿を消したようだ。……ほとぼりが冷めた頃、また戻るつもりだろう」

彦十郎が言った。

「あっしも、そうみやした」

「おそらく、女将たちが向かった先は、喜乃屋だ」

彦十郎も、猪七と同じようにみたのだ。

7

彦十郎と猪七は、念のため、女将たちの行き先を知っている者がいないか、清乃屋の近くで聞き込んでみたが、新たに分かったことはなかった。

「めしでも食って、帰るか」

彦十郎が言った。すでに、陽は西の空にまわっていた。彦十郎は腹が減っていた。

猪七もそうだろう。

「そうしやしょう」

すぐに、猪七が言った。

彦十郎と猪七は、路地沿いにあった一膳めし屋で飯を食い、酔わない程度に酒を飲んで店を出た。

彦十郎と猪七が鶴亀横丁に戻ったのは、陽が西の家並の向こうに沈み始めた頃だった。

「旦那、増富屋の前にひとが集ってやすぜ」

猪七が指差して言った。

増富屋の前に、人だかりができていた。集っている者の多くが、見知った顔だった。鶴亀横丁の住人たちである。

「何かあったな」

彦十郎は、走りだした。

猪七も走った。二人が、増富屋に近付くと、集った者たちの間から、「風間の旦那だ！」「猪七さんも、いっしょだぞ」「前をあけろ、二人を通すのだ」などという声が聞こえ、店先に集っていた者たちが身を引いた。

増富屋の腰高障子が破れていた。あいたままになっている戸の間から、店のなかが見えた。戸口近くに、平兵衛と神崎の姿があった。顔は見えなかったが、店のなかには女もいた。おしげとお春らしい。

彦十郎と猪七は、あいている戸の間から店のなかに入った。

店のなかは、ひどく荒らされていた。帳場の障子が破れ、帳場机はひっくり返されていた。帳簿類が、放り出されている。

帳場の近くに、おしげとお春、それに佐島の姿もあった。おしげとお春は、蒼ざめた顔で身を顫わせている。

「風間さま!」

お春が、彦十郎を見て声を上げた。

すぐに、平兵衛たちが彦十郎のそばに集ってきた。どの顔にも、ほっとした表情があった。

「何があったのだ」

彦十郎が訊いた。

「この店に、山村たちが押し入ってきたのだ」

神崎が言った。山村と権兵衛の子分と思われる者たちが十人ほど、鶴亀横丁に踏み込んできたという。

そのとき、増富屋にいた神崎と佐島は、念のため奥の座敷にいたおしげとお春を二階に上げた。

「おしげとお春は、おれの部屋にいたのか」

彦十郎が、二人の女に目をやって訊いた。

「おっかさんとわたしは、二階の押し入れに隠れていたの」

お春が言った。

「押し入れだと！」

思わず、彦十郎は声を上げた。押し入れは、ひどい状態だった。搔巻や汚れた衣類などが、放り込んである。

「だって、神崎さまに、ならず者たちが二階に上がってきても、分からないように隠れているように言われたんだもの」

お春が、脇にいるおしげに目をやって言った。おしげは戸惑うような顔をしたが、何も言わなかった。

「それで、どうした」

彦十郎は、おしげに目をやって訊いた。

「男たちが部屋に入ってきたらしく、足音が聞こえました」

おしげが、言った。声が震えている。よほど怖かったのだろう。

「押し入れは、あけなかったのか」

「はい、部屋に入ってきた者たちは、ここは居候の部屋らしい、と言い残して、すぐに出ていきました。散らかった部屋の様子を見て、風間さまの部屋と気付いたようです」

「まァ、女が身を潜めているとは思うまいな」

彦十郎は渋い顔でそう言った後、

「それで、どうした」

と、神崎に目をやって訊いた。

「おれと佐島どのは、ここに踏み込んできた山村たちとやり合うことになったのだ」

神崎によると、増富屋の戸口に神崎と佐島の二人で立ち、山村たちを迎え撃とうとしたが、相手は大勢のために防ぎきれず、店内に入れてしまったという。

「四、五人の男が、店に踏み込んできました」

平兵衛が、強張った顔で言った。

「そのとき、平兵衛は、店にいたのか」

「いましたが、神崎さまに奥で身を隠しているように言われて、すぐに、奥の部屋に逃げました。そして、押し入れのなかにもぐり込んでいたのです」

平兵衛によると、奥の座敷にも何人か来たようだが、だれもいないと思ったらしく、すぐに部屋から出ていったという。

「そのまま神崎さまが呼びに来るまで、押し入れに隠れていました」

平兵衛が言い添えた。

「それで、どうした」

彦十郎が神崎に訊いた。

「店に入った男たちが、帳場を荒らした後、山村は、おれたちから手を引かなければ、この店の家族も、店に出入りする者も始末する、と言い残して店から出ていったのだ」

「やつら、何としても、鶴亀横丁も縄張にしたいようだ」

彦十郎はそう言った後、

「ところで、納屋に閉じ込めておいた弐助は、どうなった」

と、声をあらためて訊いた。

「裏手にまわった者はいなかった」

神崎が言った。

「弐助には、手を出さなかったのか」

彦十郎が、呟くような声で言った。

第五章　未明の襲撃

1

「迂闊に、横丁を出ることもできんな」

彦十郎が、平兵衛に目をやって言った。

「権兵衛たちから、手を引きますか」

平兵衛は不安そうな顔をしていた。

増富屋の帳場の奥の座敷だった。五人の男が集っていた。平兵衛、彦十郎、神崎、佐島、それに猪七である。

山村たちが、増富屋に押し入ってきた翌朝だった。彦十郎たちは、今後どうするか相談するため、あらためて集ったのである。

「手を引くのはいいが、権兵衛たちの狙いは、鶴亀横丁を己の縄張にして物売りや屋台店などから所場代をとるつもりなのだ。そのうち、この店にも所場代を取りに来るかも知れんぞ」

彦十郎が言った。

「そうなるかも知れません」

平兵衛が困惑したように眉を寄せた。

次に口をひらく者がなく、座敷は重苦しい沈黙につつまれたが、

「このまま、引き下がることはない。権兵衛が、どこに身を潜めているかも分かっている。おれたちが、権兵衛を襲って討ち取ればいいのだ」

と、彦十郎が語気を強くして言った。

「だが、おれたちが、動きまわっていることが知れれば、留守を狙ってまたここを襲うぞ。次は、増富屋の者に手をかけるかも知れぬ」

神崎が厳しい顔をして言った。

「権兵衛の子分たちに、それと知れないように動けばいい。まず、山村か佐々崎を討ち取るのだ。どちらかを討ち取れば、権兵衛の身辺に子分たちがいても、踏み込んで権兵衛を始末することができるはずだ」

彦十郎が言うと、神崎、佐島、猪七の三人が、うなずいた。平兵衛だけは、不安そうな顔をしている。

「心配することはない。おれたちは、横丁でおとなしくいるように見せかけよう」

彦十郎は、それと分からないように身装を変えて横丁を出ることを話し、更に、彦十郎と神崎のどちらかが、横丁に残ることを言い添えた。

「それなら、安心です」

平兵衛の顔から、不安そうな表情が消えた。

「さっそく、今日からだ。まず、おれと猪七が動く」

彦十郎がそう言うと、猪七がうなずいた。

猪七はいったん家に戻り、それと知れないような恰好で、あらためて増富屋に来ることになった。

彦十郎は、念のため以前変えたときとは違う身装にした。小袖に角帯姿で、大刀を一本だけ落とし差しにした。無頼牢人のような身支度である。顔は、手拭で頬かむりして隠した。

猪七も、以前とは違う身支度だった。腰切半纏に、黒股引姿である。左官か屋根葺き職人のような恰好だった。顔は、彦十郎と同じように手拭を頬かむりして隠している。

「出かけるか」

彦十郎が言い、猪七と二人で増富屋を出た。

鶴亀横丁を出たところで、

「どこへ行きやす」

と、猪七が訊いた。

「まず、材木町だ」

「清乃屋ですかい」

「そうだ」

彦十郎は、清乃屋と隠居所に女将や権兵衛の子分たちが戻っているかどうか知りたかった。それに、佐々崎がどうなったかも、気になっていた。

彦十郎と猪七は、すこし間をとって歩き、人目につかないように裏路地や新道をたどって大川端沿いの道に出た。その辺りは、材木町である。

彦十郎たちは、まず清乃屋に行ってみた。まだ、店先に暖簾は出ていなかった。裏手に、大川の川面が見え、流れの音が聞こえてきた。

「店をしめてるようですぜ」

猪七が言った。

「隠居所はどうだ」

彦十郎は、隠居所に目をやった。表戸はしまっている。

「近付いてみるか」

彦十郎と猪七は、通行人を装って隠居所の戸口に近寄った。

「だれかいる！」

彦十郎が声を殺して言った。

家のなかで、物音と話し声が聞こえた。武家言葉でなかった。遊び人のような物言いである。権兵衛の子分であろう。

彦十郎と猪七は、すぐに戸口から離れた。通りかかった者が、彦十郎たちに不審そうな目をむけていたからだ。

彦十郎たちは、離れからすこし離れた大川端に足をとめた。

「隠居所に、戻っていたな」

彦十郎が言った。

「権兵衛の子分ですぜ」

「ひとり捕らえて、話を訊けば、佐々崎がどうなったか知れるな。それに、権兵衛のいる喜乃屋の別棟に、子分たちがどれほどいるか聞き出せるかも知れん」

　別棟には、山村の他に子分たちもいるはずである。子分の人数によっては、喜乃屋の別棟に踏み込んで、権兵衛たちを討つこともできる。

「隠居所に踏み込んで、捕らえやすか」

　猪七が意気込んで言った。

「まだ、早い。それに、ここで、騒ぎを大きくしたくないのだ。おれたちが鶴亀横丁を出て、子分を捕らえたことを権兵衛たちに知られたくないからな」

「隠居所から出てくるのを待ちやすか」

「それしかないな」

　彦十郎は隠居所を見張り、子分が出てきたら跡を尾け、すこし離れた場所で捕らえようと思った。

「また、船宿の近くの石段で見張るか」

　彦十郎は、以前清乃屋と隠居所を見張った桟橋につづく石段に腰を下ろして、見張ろうと思った。

2

彦十郎と猪七は、栈橋につづく石段に腰を下ろして、隠居所の戸口に目をやっていた。

「出てこねえなァ」

猪七が、生欠伸(なまあくび)を噛(か)み殺(ころ)して言った。

彦十郎と猪七がその場に来て、半刻(一時間)ほど過ぎたろうか。子分らしい男は、隠居所からなかなか出てこなかった。

「そのうち出てくる」

彦十郎が言った。隠居所にいる者も、家に籠っているのは退屈だろうし、腹も減るはずだ。

更に、半刻ほど過ぎた。隠居所の戸口を見ていた猪七が、

「出てきた!」

と、首を伸ばして言った。

見ると、遊び人ふうの男がひとり、隠居所から出てきたところだった。男は川沿い

の道に出ると、川下の方に足をむけた。

「押さえるぞ！」

彦十郎は、石段から川沿いの道に飛び出した。

猪七がつづき、足を速めて彦十郎の脇に出ると、

「あっしが、やつの前に出やす」

と言い残し、更に足を速めて彦十郎から離れた。

猪七は川沿いの道の端を通って、遊び人ふうの男の前に出た。そして、反転し、道のなかほどに立った。

男は前方に立ち塞がった猪七を見て、足をとめた。自分を捕らえにきた者とみたらしく、逃げようとして後ろを振り返った。隠居所に、逃げ戻ろうとしたのかも知れない。

だが、男は動かなかった。いや、動けなかったのだ。前方から走り寄る彦十郎の姿を目にしたからだ。

男は周囲に目をやった。何とか逃げようとしたらしいが、逃げ場はなかった。男は、道沿いで枝葉を茂らせていた欅（けやき）のそばに走り寄った。そして、欅の幹を背にして立った。背後から、攻撃されるのを防ごうとしたらしい。

彦十郎は男の前に立つと、刀を抜いて峰に返した。峰打ちで、仕留めるつもりだった。猪七は、素早く男の脇にまわり込んだ。

「殺してやる！」

男は、懐から匕首を取り出して身構えた。目がつり上がり、手にした匕首が震えている。

彦十郎は刀を青眼に構えると、剣尖を男の目線につけ、摺り足で男との間合をつめていった。そして、一足一刀の斬撃の間境に迫ると、寄り身をとめ、スッと刀身を脇に下げた。前をあけて、隙を見せたのだ。

すぐに、男が反応した。踏み込みざま、彦十郎を狙って手にした匕首を突き出した。

刹那、彦十郎は右手に体を寄せざま、刀身を袈裟に払った。その刀身が、前に伸ばした男の右の前腕を強打した。一瞬の太刀捌きである。

男は匕首を取り落とし、前によろめいた。

「動くな！」

彦十郎は、男の喉元に切っ先を突き付けた。

男は棒立ちになり、目を剝いた。体が、顫えている。

「猪七、こいつに縄をかけてくれ」

「へい」

猪七は、すぐに男の両腕を後ろにとって縄をかけた。こうしたことは、岡っ引きだったことがあるだけに手慣れていた。

「こいつを、増富屋まで連れていきやすか」

猪七が訊いた。

以前、弐吉を駒形堂の近くで捕らえたとき、彦十郎たちは増富屋の納屋に連れ込んで話を訊いたのだ。まだ、弐助は納屋に閉じ込めてある。

「そうしよう」

彦十郎は、弐助のときと同じように人通りの少ない路地や新道などをたどって増富屋に連れていった。

彦十郎は、増富屋にいた神崎と佐島に手伝ってもらい、弐助を外に出し、捕らえた男を納屋に連れ込んだ。

「ここが、どこか知っているな」

彦十郎が男に訊いた。

いっとき、男は口をとじたまま身を硬くしていたが、

「知ってやす」

と、小声で言った。

「おまえの名は」

彦十郎は先に名乗ってから、男に訊いた。

「勝太郎でさァ」

男は隠さなかった。もっとも、彦十郎が名乗ったので、名を隠す気にならなかったのだろう。

「佐々崎藤三郎を、知っているな」

彦十郎は佐々崎の名を出して訊いた。

「……………」

勝太郎は口をひらかなかった。

「佐々崎に、何か恩義でもあるのか。それとも、黙っていれば、助けに来てくれるとでも思っているのか」

彦十郎はそう言った後、いっとき間をとり、

「佐々崎や山村が、ここに来るとすれば、おまえを殺すためだぞ。利根吉と五助という男は、山村たちに殺されたのだ」

と、二人の名を出して言った。

勝太郎の顔が歪み、体の顫えが激しくなった。

「いま、ここから外に連れていかれた弐助を見たろう。おまえたちの仲間だ。おれたちは弐助から話を訊いて、用は済んだが、殺しはしない。此度の件の始末がつけば、逃がしてやるつもりだ。……おまえも、殺しはしない。弐助といっしょに逃がしてやる。ただ、隠さず、話せばだ」

そう言った後、彦十郎は、

「佐々崎藤三郎は、どこにいる」

と、勝太郎を見据えて訊いた。

「喜乃屋でさァ」

勝太郎が答えた。

「別棟か」

「そうで」

「佐々崎は、傷を負ったはずだ」

「左肩を斬られ、まだ、刀が遣えないと聞いてやす」

「刀が遣えないのか」

刀を遣えない佐々崎なら、恐れることはなかった。

「喜乃屋の別棟には、山村泉十郎もいるな」

彦十郎が声をあらためて訊いた。

「いやす」

「他に、子分たちはどれほどいる」

彦十郎は、子分たちはどれほどいる」

「出入りしてるのは、十人ほどで」

「夜もいるのか」

「七、八人はいるはずでさァ」

勝太郎が、別棟だけでなく喜乃屋に寝泊まりしている子分もいると話した。

「そうか」

彦十郎は勝太郎の前から身を引き、

「何かあったら訊いてくれ」

と、神崎と佐島に目をやって言った。

「喜乃屋が店をしめるのは、何時ごろだ」

神崎が訊いた。

「客を全部帰してから店をしめやすが、子ノ刻（午前零時）近くになりやす」

「それで、店をあけるのは」

「四ツ（午前十時）ごろでさァ」

「四ツ近くまで、別棟にいる者たちも起きだしてこないのだな」

そう念を押すように言って、神崎は勝太郎の前から身を引いた。

彦十郎たちは、納屋から増富屋に戻ると、

「喜乃屋に踏み込むのは、未明だな」

彦十郎が、神崎に目をやって言った。

「それがいい。寝込みを襲えば、敵が大勢でも何とかなる」

すぐに、神崎が言った。

「それで、いつやる」

彦十郎が訊いた。

「どうだ、明日中に喜乃屋の様子を見ておき、明後日の明け方、踏み込んだら」

「いいな」

彦十郎が承知すると、そばにいた佐島と猪七も同意した。

「それで、だれが喜乃屋の様子を見にいく」

神崎が訊いた。

「また、おれと猪七で行く。神崎と佐島どのは、増富屋に目を配っていてくれ」

まだ、油断はできなかった。権兵衛の子分たちが、いつ鶴亀横丁に乗り込んでくるか分からない。

「承知した」

神崎が言うと、佐島もうなずいた。

3

翌日の早朝、彦十郎と猪七は、まだ暗いうちに増富屋を出た。二人の身支度は、材木町に出かけたときと同じだった。彦十郎は無頼牢人のように身を変え、猪七は左官か屋根葺き職人のような恰好をしている。

彦十郎と猪七は、人影のない西仲町の道をたどって、浅草寺の門前通りに出た。そこは並木町である。

東の空が曙色に染まっていたが、まだ浅草寺の門前通りはひっそりとしていた。通り沿いの店は、表戸をしめている。それでも、通りには人影があった。朝の早い参詣客であろう。

彦十郎と猪七が、早朝、並木町に来たのは理由があった。町が動き出さない早朝の門前通りを見ておきたかったのだ。

彦十郎たちは喜乃屋の見える所まで来ると、路傍に足をとめた。当然だが、暖簾は出ていなかった。

「近付いてみるか」

彦十郎が声をかけ、猪七と二人で喜乃屋にむかった。

二人は、喜乃屋の入口近くまで行って足をとめた。店は静寂につつまれ、物音も話し声も聞こえなかった。店の者は、寝入っているにちがいない。

猪七が通りの左右に目をやり、近くに人影がないのを確かめてから店の入口に近寄った。そして、格子戸に手をかけて引いた。

猪七は首を横に振ってから、彦十郎のそばに戻り、

「戸締まりが、してありやす」

と、小声で言った。

「踏み込むときは、戸を壊すしかないな」

ただ、彦十郎は、店に踏み込む必要はないとみていた。頭目の権兵衛も、捕らえら

れているお勝とおはまも、別棟にいるはずなのだ。

「別棟も、見ておきたいな」

彦十郎が言った。

すると、猪七が喜乃屋の左右に目をやり、

「店の脇が、通れそうですぜ」

と言って、指差した。

喜乃屋と隣の店との間が、一間ほどあいていた。そこから、裏手に行けるようになっているようだ。

彦十郎と猪七は、喜乃屋の脇に近付いた。思ったとおり、そこから出入りしているらしく、地面が踏み固められている。

「入るぞ」

彦十郎が声をひそめて言い、店の脇に踏み込んだ。二人は、足音を忍ばせて奥にむかった。

喜乃屋の脇を入った先に、別棟らしい建物があった。店の離れのような感じがする。二階建てではなかったが、思ったより大きな建物だった。座敷が、四、五間あるかも知れない。裏手には、台所もあるようだ。

「ここだな」

彦十郎が、別棟の手前まで来て足をとめた。別棟は静かだった。その場からは、人声も物音も聞こえない。

「寝入っているようですぜ」

猪七が、声をひそめて言った。

「近付いてみよう」

彦十郎と猪七は、忍び足で別棟に近付いた。

別棟の入口は、洒落た造りの格子戸になっていた。喜乃屋の脇に別の出入口があり、そこから別棟の入口まで飛び石がつづいていた。喜乃屋と別棟の距離は、三間ほどしかなかった。客が別棟を使うときは、その飛び石を使い、喜乃屋から別棟に移っていたのだろう。

彦十郎と猪七は、別棟の戸口に身を寄せた。格子戸がたててある。耳を澄ますと、別棟のなかから、かすかに物音が聞こえた。鼾(いびき)らしい。それに、夜具を動かすような音も聞こえた。権兵衛の子分たちであろうか。戸口に近い座敷にいるようだ。

「奥へ行くぞ」

彦十郎が声を殺していた。

二人は、忍び足で別棟沿いを裏手にむかった。別棟のいくつかの場所で、鼾や夜具を動かす音がした。子分だけでなく、権兵衛、情婦、それに捕らえられているお勝とおはまもいるはずだ。

彦十郎と猪七は、別棟の裏手にまわった。裏手は板場になっているらしく、脇に薪がつんであった。ひっそりとして、ひとのいる気配はなかった。裏の出入口には、板戸がしめてあった。

猪七が板戸に手をかけて引いてみたが、あかなかった。心張り棒でもかってあるらしい。

「なに、鉈か斧でぶち割れば、すぐに踏み込めまさァ」

猪七が、声を殺して言った。

彦十郎と猪七は、忍び足で来た道を引き返した。これ以上、別棟を探る必要はなかったのだ。

二人は、浅草寺の門前通りに戻った。辺りはだいぶ明るくなっていた。通りを行き交う人の姿も、来たときよりだいぶ増えている。まだ、通り沿いの店は表戸をしめていたが、起きだした店もあるらしく、引き戸をあける音が遠近で聞こえた。

彦十郎と猪七は、増富屋に戻ると、店にいた平兵衛、神崎、佐島の三人を帳場の奥の座敷に来てもらった。

彦十郎は、平兵衛たちが座敷に腰を下ろすのを待って、

「喜乃屋の裏手にある別棟を探ったのだ」

と、前置きし、猪七と二人で喜乃屋の脇から裏手に侵入したことを話した。

「別棟の者は、みんな寝入っていやした」

猪七が言い添えた。

「喜乃屋はどうだ」

神崎が訊いた。

「喜乃屋も、寝入っているはずだ。物音も人声もまったく聞こえなかったからな」

彦十郎が言った。

「やはり、踏み込むのは未明がいいな」

脇で聞いていた佐島が、口を挟んだ。

「明日の未明に踏み込もう」

彦十郎が、その場にいた男たちに目をやって言った。

4

夜陰のなかに、何人もの人影があった。そこは、増富屋の戸口である。集っているのは、彦十郎、神崎、佐島、猪七、それに平兵衛だった。これから、彦十郎たち四人は、並木町にむかうのだ。平兵衛は戸口まで、四人を見送りに来たのである。

猪七は、風呂敷（ふろしき）につつんだ細長い物を持っていた。鉈が包んである。別棟の戸があかない場合、鉈でぶち破るのだ。

「御武運を祈っております」

平兵衛が四人に目をやって言った。

「案ずるな。おれたちは、寝込みを襲うのだ。後れを取るようなことはあるまい」

彦十郎が言った。別棟にいる敵は山村、佐々崎、権兵衛、何人かの子分とみていた。佐々崎は負傷しているので、まともに闘えないだろう。歯向かってくる者は、何人もいないはずだ。

「そろそろ行くか。別棟の者が起き出さないうちに、仕掛けたいからな」

彦十郎が言うと、神崎たちがうなずいた。

彦十郎たちが鶴亀横丁を出たのは、昨日より早かった。彦十郎たち四人は、まだ夜陰につつまれている西仲町の通りを並木町にむかって足早に歩いた。東の空が明らんできたのは、彦十郎たちが浅草寺の門前通りに入ってからだった。まだ、門前通りは人影もなく、ひっそりとしていた。

彦十郎たちは、喜乃屋の前で足をとめた。夜陰は薄れていたが、喜乃屋はまだ夜の帳（とばり）につつまれていた。店はひっそりとして、物音も人声も聞こえてこない。

「別棟に行くには、どこから入るのだ」

神崎が訊いた。

「こっちでさァ」

猪七が先にたった。

彦十郎たちは、喜乃屋と隣の店の間から裏手にむかった。淡い夜陰のなかに、別棟が見えた。灯（ひ）の色はなく、別棟に近付くと黒く聳（そび）え立（た）っているように感じられた。

彦十郎たちは、足音を忍ばせて別棟の正面の戸口に近付いた。格子戸がたててあった。別棟のなかから、鼾や夜具を動かす音などがかすかに聞こえた。戸口近くの座敷で寝ている子分たちのたてる音らしい。

彦十郎は、東の空に目をやった。曙色に染まっている。夜陰はだいぶ薄れてきた。

これなら、別棟に踏み込んでも、暗闇のなかで同士討ちする恐れはないだろう。

「踏み込むぞ」

彦十郎が小声で言った。

すると、猪七が持ってきた風呂敷包みを解いて、鉈を取り出した。

「やりやすぜ」

そう声をかけ、猪七が鉈をふるった。

バキッ、という大きな音がし、格子戸の格子が砕けた。二度、鉈をふるうと、格子戸に大きな破れ目ができた。すぐに、猪七が破れ目に右手をつっ込んで心張り棒を外した。そして、格子戸をあけた。

「踏み込むぞ」

彦十郎が声をかけた。

別棟のなかは、薄暗かった。敷居につづいて狭い土間があり、その先に板間があった。板間の奥に、襖がたててある。

さきほどまで聞こえていた鼾や夜具を動かす音などが、まったく聞こえなかった。

家のなかは、深い静寂につつまれている。

……だれか、いる!

彦十郎は、胸の内で声を上げた。襖の向こうに、人のいる気配がする。眠っていた男が、格子戸を破る音で目を覚ましたにちがいない。

彦十郎は抜刀し、抜き身を手にしたまま板間に上がった。神崎がつづいた。神崎も刀を抜いている。

「だれだ！」

ふいに、襖の向こうで男の声がし、つづいて夜具を撥（は）ね除（の）けて立ち上がるような物音がした。襖の向こうにいるのは、二人らしい。

彦十郎は、刀を手にしたまま身構えた。飛び出してきても、対応できるような構えをとったのだ。

いきなり、襖が大きくあけられた。薄暗い座敷に立っている二人の男の姿が見えた。二人の寝間着が乱れ、両腿（りょうもも）や腹があらわになっていた。二人とも、匕首を手にしている。おそらく、枕元に置いてあったものを手にして立ち上がったのであろう。

「ぬ、盗人（ぬすっと）か！」

大柄な男が、声をつまらせて叫んだ。板間にいる彦十郎たちを盗賊とみたようだ。

彦十郎と神崎は、無言のまま姿を見せた二人の男に近付いた。

二人の男は、後じさった。恐怖で顔がひき攣っている。

「てめえら！　ここがどこか知ってるのか」

大柄な男が叫んだ。

「権兵衛親分の家だぞ」

もうひとりの瘦身の男が、甲走った声で言った。

彦十郎は、無言のまま低い八相に構えて大柄な男に迫った。神崎がすこし間をとってつづいた。

この間に、佐島と猪七が右手にある廊下にむかった。この場は、彦十郎と神崎にまかせ、別の座敷にいる者たちの動きに目を配ろうとしたのだ。

廊下の左手に、障子がたててあった。別棟は細長い造りで、戸口近くの部屋につづいて、更に三部屋あるようだ。客用の座敷だったのであろう。

廊下の突き当たりは、狭い板間になっていた。その先は、板場らしかった。暗くてはっきりしないが、竈（かまど）や流し場らしき物が見えた。廊下も板場も静寂につつまれ、人影はなかった。

二人の男が寝ていた次の部屋から、夜具を撥ね除ける音や男たちの怒鳴り声などが聞こえた。何人かが、起きだしたらしい。

「佐島の旦那、山村か佐々崎がいるようですぜ」

猪七が目を剝いて言った。次の部屋から、武士らしい物言いが聞こえたのだ。

「そのようだ」

佐島は刀の柄に手をかけた。

「出てきた！」

猪七が声を上げた。

次の部屋から、男たちが廊下に出てきた。三人——。二人は町人だった。もうひとりは、武士である。

「やつは、佐々崎だ！」

猪七が言った。武士の顔に見覚えがあった。それに、はだけた寝間着の襟元から、肩に巻かれた晒（さらし）らしい白布が見えたのだ。

5

このとき、彦十郎は大柄な男と対峙していた。彦十郎は低い八相に構え、大柄な男は匕首を手にして身構えている。

大柄な男の顔が恐怖でひき攣り、手にした匕首がワナワナと震えていた。闘う気はないようだ。

「さァ、こい！」

彦十郎が一歩踏み込んだ。

咄嗟に、大柄な男は逃げようとして腰を浮かせ、視線を廊下の方へむけた。

この一瞬の隙を、彦十郎がとらえた。

タアッ！と、鋭い気合を発し、踏み込みざま刀を袈裟に払った。その切っ先が、大柄な男の右腕をとらえた。

男の前腕が、匕首を握ったままダラリと垂れた。彦十郎の切っ先が、男の右腕を骨まで断ち切ったらしい。

男は悲鳴を上げ、右腕の切り口から血を撒きながら座敷の隅に逃げた。彦十郎は、素早い動きで男に迫り、背後から刀を一閃させた。

男の肩から背にかけて深く裂け、男は前によろめいた。そして、足がとまると、体が大きく揺れ、崩れるように転倒した。

これを見たもうひとりの男が、対峙していた神崎から逃げようとして反転した。

「逃がさぬ！」

言いざま、神崎は手にした刀を横に払った。一瞬の太刀捌きである。

その切っ先が、男の脇腹を横に切り裂いた。だが、臓腑が溢れ出るほどの深手ではなかった。

男は手にした匕首を取り落とし、右手で斬られた脇腹を押さえながら後ろへ逃げた。そして、隣の部屋との境目にたててあった襖をあけた。夜具が敷いてあったが、人影はなかった。そこは、佐々崎と他の二人の男が寝ていた座敷である。

神崎から逃げた男は部屋のなかに飛び込んだが、敷いてあった布団に足を取られて転倒した。

神崎は素早い動きで座敷に踏み込み、起き上がろうとした男に迫りざま、刀を横に一閃させた。その切っ先が、男の首をとらえた。

男の首から、血が飛び散った。出血が激しい。神崎の一撃が、男の首を横に斬り裂いたのだ。男は血を撒きながら俯せに倒れ、体を痙攣させていたが、いっときすると動かなくなった。絶命したようである。

彦十郎は、血刀を引っ提げたまま廊下に飛び出した。彦十郎につづいて、神崎も廊下に出てきた。

このとき、廊下では佐島が佐々崎と切っ先を向け合っていた。佐島は青眼に構え、対する佐々崎は八相に構えていた。佐々崎の刀身が、笑うように震えている。左肩に巻かれた晒に、鮮血の色があった。佐島とやり合っているときに傷口がひらいて、新たに出血したらしい。

猪七は、障子の開け放たれた座敷にいた。座敷の廊下側に立ち、手にした十手を佐々崎にむけている。

「佐島どの、助太刀いたす」

彦十郎は、猪七のいる座敷に踏み込み、座敷から切っ先を佐々崎にむけた。

「おのれ!」

佐々崎が叫びざま、いきなり佐島に斬り付けた。佐島を斃(たお)して、その場から逃げようとしたらしい。

踏み込みざま、真っ向へ――。

咄嗟に、佐島は体を右手に寄せ、刀を横に払った。素早い太刀捌きである。

佐々崎の切っ先は、佐島の左肩先をかすめて空を斬り、佐島の刀身は佐々崎の腹を抉(えぐ)っていた。

グワッ!

呻き声を上げ、佐々崎が前によろめいた。切り裂かれた腹から臓腑が覗いている。

佐々崎は足をとめると、刀を取り落とし、両手で切り裂かれた腹を押さえて蹲った。そこへ、佐島が身を寄せ、

「武士の情！」

と声を上げ、佐々崎の首を狙って手にした刀を一閃させた。腹を斬り裂かれても、すぐには死なない。とどめを刺してやるのが、武士の情である。

鈍い骨音がし、佐々崎の首が前に垂れ下がった。喉皮だけを残し、首を深く切断したのだ。

次の瞬間、切断された首の切り口から、血が赤い帯のようにはしった。血は心ノ臓の鼓動に合わせ、三度勢いよく飛び散った後、首の切断口から赤い紐のように流れ落ちるだけになった。

佐々崎は蹲ったまま絶命した。

「佐島どの、お見事！」

彦十郎が声をかけた。

「すぐに、権兵衛たちを！」

佐島が昂った声で言った。さすがに、佐島も高揚しているらしく、手にした刀が震えている。

彦十郎と神崎が先にたち、廊下を足早に次の部屋にむかった。その部屋の先に、もう一間ある。

ふいに、次の座敷の障子があき、山村と権兵衛の子分と思われる大柄な男がひとり、廊下に飛び出してきた。

彦十郎があけられた障子の間から部屋のなかを覗くと、他に人影はなかった。権兵衛の寝所やおはまたちの閉じ込められている部屋は、ここではないらしい。

「ここは、通さぬ!」

山村が廊下のなかほどに立ち塞がった。

「山村、おれが相手だ」

彦十郎は、山村と対峙した。

神崎が部屋の障子を開け放ち、山村と子分が寝ていたと思われる座敷に踏み込んだ。すぐに、佐島と猪七がつづいた。

廊下は狭いので、彦十郎と山村が対峙すると他の男たちは、背後にいるだけになってしまうのだ。

神崎は部屋のなかに視線をまわし、奥の部屋との間にたててある襖を目にとめた。

「だれかいる!」

神崎が小声で言った。襖の先に、ひとのいる気配を感知したのだ。

……お勝とおはまかも知れない！

神崎は襖に近寄った。佐島と猪七が後につづく。神崎たちは、彦十郎に廊下にいる山村をまかせ、お勝とおはまを助け出そうと思ったのだ。

6

「あけるぞ」

神崎が声を殺して言い、襖をあけた。

だが、人影はなかった。ひとり分の夜具が敷いてあった。その夜具に、ひとが抜け出たような跡が残っていた。

神崎は夜具に近付くと、ひとが寝ていたと思われる布団に手を当てた。

……温(ぬく)もりがある！

神崎は、夜具から抜け出た者が近くにひそんでいるような気がした。神崎が周囲に目を配ったとき、座敷の奥にたててあった板戸の向こうで、かすかに物音が聞こえた。だれかいるようだ。そこは、納戸になっているのかも知れない。

神崎は、足音をたてないようにそろそろと板戸に近付いた。神崎の後に、佐島と猪七がつづいた。

神崎は板戸の前まで来ると、足をとめ、背後の二人に、あけるぞ、と唇を動かして伝えた後、そろそろと板戸をあけた。

そこは納戸のようだ。なかは暗かったが、二人の女の顔が闇の中に白く浮かび上がったように見えた。二人は、猿轡(さるぐつわ)をかまされている。

……おはまと、お勝か！

神崎は胸の内で声を上げた。

だが、神崎は納戸に踏み込まなかった。猿轡をかまされている二人の女の脇に、人影があるのを目にしたからだ。

「だれだ！」

神崎が誰何(すいか)した。

二人の女の脇にいるのは、大柄な男だった。巨漢といってもいい。闇が深く、顔ははっきりしないが、寝間着姿のようだ。

「権兵衛か！」

神崎が名を呼び、納戸のなかに踏み込もうとした。

そのとき、巨漢の男が動き、二人の女に体を寄せ、

「動くんじゃァねえ！　こいつらを殺すぞ」

と声を上げ、脇にいた女の喉元に匕首の先を突き付けた。

女は、おはまだった。神崎の目が闇に慣れ、おはまだと分かったのだ。そばにいる女はお勝であろう。

巨漢の男は、ギョロリとした目を神崎にむけ、

「この女を殺されたくなかったら、この部屋を出ろ！」

と、恫喝(どうかつ)するように言った。

「うぬ」

神崎は動かなかった。背後にいる佐島と猪七も戸惑っている。

「この女を殺してもいいのか」

巨漢の男は、匕首の切っ先をおはまの喉に当てた。

「ま、待て」

神崎は、後じさった。背後にいた佐島と猪七も、後ろに下がった。

「動くんじゃァねえぞ」

巨漢の男は、神崎たちを睨むように見据えて言うと、左手でおはまの腕を摑んで立

たせた。おはまは後ろ手に縛られ、猿轡をかまされている。

巨漢の男はおはまを連れ、そろそろと納戸から出てきた。お勝は納戸に残したままである。人質として、二人を連れ出すのは無理なので、お勝は残したのだろう。

「そこをどけ!」

巨漢の男はおはまの腕を握り、神崎たちを睨むように見据えたまま廊下へむかった。

神崎は動けなかった。手にした刀の切っ先を下げ、顔をしかめて巨漢の男とおはまを見据えている。

巨漢の男はおはまを連れ、そろそろと廊下の方へ歩いていく。

そのとき、おはまが前につんのめるように体を泳がせた。敷いてあった布団の端を踏み、体勢が崩れたのだ。

その拍子に、巨漢の男の手がおはまの腕から離れ、自分もよろめいた。この一瞬の隙を神崎がとらえた。

神崎は踏み込みざま、巨漢の男の右腕を狙い、突き込むように斬り込んだ。その切っ先が、男の前腕をとらえた。

巨漢の男は悲鳴を上げ、手にした匕首を落としてよろめいた。

　すかさず、神崎は踏み込み、刀身を横に払った。素早い太刀捌きである。

　神崎の切っ先が、男の腹を横に切り裂いた。男は低い呻き声を上げ、腹を押さえてその場に蹲った。押さえた手の指の間から臓腑が覗き、血が流れ落ちている。

「動くな！」

　神崎が、切っ先を男の喉元に突き付けた。

　男は苦しげに顔を歪め、巨体を顫わせている。

「おまえの名は」

　神崎が訊いた。

　男は呻き声を上げているだけで、何も言わなかったが、

「権兵衛か」

　神崎が名を口にすると、男はちいさくうなずいた。

　権兵衛の顔が歪み、視線が揺れていた。息が荒くなっている。己の命は長くない、と権兵衛は察知しているのかも知れない。

　そこへ、猪七と佐島が近付いた。すると、権兵衛はそばに落ちていた匕首を掴み、おのれの首を掻き切った。

　首から血飛沫が激しく飛び散り、権兵衛は血を撒きながら前に倒れた。畳に俯せに

なった権兵衛は、四肢を痙攣させていたが、いっときすると動かなくなった。座敷は血の海である。

猪七は権兵衛が動かなくなったのを目にすると、おはまの猿轡をとり、後ろ手に縛られた縄を解いてやった。

その間に佐島が納戸に戻り、お勝の縄を解き、猿轡を取ってやった。そして、神崎やおはまのいる座敷に連れてきた。お勝とおはまは抱き合い、泣き声を上げた。

神崎は二人の泣き声が収まるのを待って、

「もう心配ないぞ。いっしょに、鶴亀横丁に帰ろう」

と、声をかけた。

「あ、ありがとうございます」

お勝が、声をつまらせて言った。そして、お勝は脇にいたおはまをもう一度強く抱きしめた。

7

神崎たちが、お勝とおはまを助け出したすこし前。彦十郎は、廊下で山村と対峙していた。すでに二人は、一合していた。彦十郎の左袖が裂け、山村の左腕にかすかに血の色があった。だが、左腕はかすり傷である。

彦十郎は、青眼に構えていた。切っ先を、山村の胸の辺りにつけている。山村の下段突きに対応する構えをとっていたのだ。

山村は、青眼から刀身を下げ、切っ先を彦十郎の臍の辺りにつけた。下段突きの構えである。

……狭い廊下は、山村に利がある。

と、彦十郎は読んだ。

下段突きは刀をふりまわさず、槍のように刀身を突き出す技である。狭い廊下でも、支障がないのだ。

二人は、青眼と高い下段に構えたまま対峙していた。二人の間合は近かった。一足一刀の斬撃の間境まで、あと一歩の間合である。狭い廊下ということもあって、どうしても間合が狭くなるのだ。

山村は全身に気勢を込め、斬撃の気配を見せると、

「いくぞ」

と声をかけ、先をとった。

趾（あしゆび）を這うように動かし、ジリジリと間合を狭めてきた。彦十郎は気を静めて、二人の間合と山村の斬撃の起こりを読んでいる。

ふいに、山村の寄り身がとまった。斬撃の間境まで、半歩である。

イヤアッ！

突如、山村が裂帛の気合を発し、斬撃の気配を見せた。だが、動かなかった。彦十郎の気を乱すための牽制である。

山村が気合を発した瞬間、山村の切っ先が揺れた。この一瞬の隙を彦十郎がとらえ、踏み込みざま鋭い気合を発し、青眼から袈裟に斬り込んだ。

咄嗟に、山村は身を引いて、彦十郎の切っ先を躱したが、体勢が崩れたため、下段突きを放つことができなかった。

二人は体勢をたてなおし、あらためて青眼と下段突きの構えをとった。

そのときだった。座敷で、「権兵衛か」という神崎の声がし、つづいて人の倒れるような音が聞こえた。

すると、山村は下段突きの構えをとったまま、素早く後じさり、彦十郎との間合がひらくと、

「風間、勝負は預けた」

そう言って、反転した。権兵衛が討たれたことを察知したらしい。

「待て！」

彦十郎は、逃げる山村の後を追った。

山村は刀を引っ提げたまま廊下を裏手にむかって逃げ、板場の土間に飛び下りた。彦十郎は山村の後を追っていく。

山村は人気のない板場を通り抜け、背戸をあけて外に飛び出した。つづいて、彦十郎も背戸から外に出た。

外は明るくなっていたが、辺りに人影はなかった。別棟の裏手の狭い場所に、紅葉(もみじ)や梅などの庭木が植えてあった。その先に、板塀がめぐらせてある。

山村は板塀にむかって、庭木の間を走った。彦十郎も庭木の間を走り、山村の後を追っていく。

板塀に切戸があった。山村は、切戸をあけて外に飛び出した。すこし遅れて、彦十郎も切戸から外に出た。

板戸の外に小径(こみち)があった。小径は、表通りに並ぶ店の裏手につづいている。山村は人気のない小径を走っていく。

彦十郎は、山村を追わなかった。山村の後ろ姿が遠ざかり、追っても追いつけないとみたのだ。

彦十郎は引き返し、別棟の背戸から入って神崎たちのいる場にむかった。薄暗い廊下に、いくつもの人影があった。別棟に踏み込んだ神崎、猪七、佐島の三人。それに、お勝とおはまの姿もあった。

彦十郎はお勝とおはまに近付くと、

「無事か」

そう言って、二人に目をやった。二人は横丁にいるときより痩せてやつれた感じがしたが、傷を負った様子はなかった。

「み、みなさんに、助けてもらいました」

お勝が涙声で言った。

すると、お勝の脇にいた神崎が、

「権兵衛は討ち取ったよ」

と、小声で言い添えた。

「そうか。これで、安心して鶴亀横丁で暮らせるぞ」

彦十郎はおはまとお勝に顔をむけ、いつになく優しい声で言った。

彦十郎たちはお勝とおはまを連れ、浅草寺の門前通りに出た。すでに、陽が昇り、門前通りにはちらほら参詣客の姿があった。通り沿いの店の多くは、まだ表戸をしめていたが、ひらいている店もあった。

彦十郎たちが鶴亀横丁に戻ると、通り沿いにある店の者たちが、お勝とおはまの姿を見て喜びの声を上げた。そして、彦十郎たちの後についてきた。

彦十郎たちが増富屋の前まで来ると、店の前で平兵衛、おしげ、お春の三人が待っていた。彦十郎たちを見掛けた者が、先に来て増富屋に知らせたらしい。

「よかった。二人とも無事で」

おしげが、お勝に声をかけた。

お春はおはまに身を寄せ、涙声で声をかけた。おはまはお春の胸に額を寄せて、しゃくり上げている。

彦十郎やお勝たちは、増富屋には入らなかった。戸口で無事に帰れたことを喜び合うと、閉じたままになっている小間物屋にむかった。

彦十郎たちは、おはまとお勝を小間物屋まで送り、二人が店に入って、座敷に腰を落ち着けるのを待ってから、

「今日は、自分の家でゆっくり休むといい」

彦十郎が声をかけ、神崎たちとともに小間物屋の店先から離れた。

「わしも、すこし疲れた」

佐島が、横丁を歩きながら言った。

「おれたちも、ゆっくり休もう」

彦十郎が、佐島、神崎、猪七の三人に目をやって言った。

第六章　下段突き

1

　権兵衛を討ち取った二日後、彦十郎は、増富屋に姿を見せた猪七と二人で裏手にある納屋にむかった。納屋には、捕らえた弐助と勝太郎を監禁してあった。監禁といっても、ちかごろは二人に縄をかけず、納屋の戸に鍵がかけてあるだけである。彦十郎は、二人が逃げるなら逃げてもいい、と思っていたのだ。

　納戸の戸を壊せば逃げられるが、二人にその気はないらしく、戸を壊すのを試みた様子はなかった。

　もっとも、二人には、権兵衛たちの始末がついたら逃がしてやる、と話してあったので、それを待っているのかも知れない。

彦十郎は、おしげに握ってもらった握りめしを四つ、皿に載せて持っていた。弐助と勝太郎の朝めしである。

納屋の戸をあけると、弐助と勝太郎は、納屋にあった古い木箱に腰を下ろして、何やら話していた。

「朝めしを持ってきたぞ」

彦十郎は、握りめしを載せた皿を木箱の脇に置いた。

「ありがてえ。腹がへっちまって」

そう言って、弐助が握りめしに手を伸ばした。

勝太郎も、握りめしを手にして頬張り始めた。二人とも腹が減っていたらしく、ひたすら握りめしを頬張っている。

彦十郎は二人が握りめしを食べているのを見ながら、

「一昨日、権兵衛を討ち取ったぞ」

と、小声で言った。

すると、弐助と勝次郎の握りめしを食べていた手がとまり、彦十郎に顔をむけた。

「権兵衛といっしょにいた子分たちも、あらかた始末した。これで、おまえたちも、権兵衛の子分に命を狙われるようなことはあるまい」

「あっしらは、ここを出られるんですかい」

弐助が訊いた。

「そうだ。握りめしを食べたら、出ていってもいいぞ」

「ありがてえ」

弐助の顔に、ほっとした表情が浮いた。

勝太郎も表情をやわらげて、手にした握りめしを頬張り始めた。二人とも食うには困らなかったが、狭い場所に閉じ込められているのは、苦しかったのだろう。

彦十郎は、二人が握りめしを食べるのを見ながら、

「山村泉十郎だけが、逃げた」

と、小声で言った。

弐助と勝太郎は握りめしを食べる手をとめて、彦十郎に目をむけた。二人とも、戸惑うような表情を浮かべている。

そのとき、彦十郎と弐助たちのやりとりを聞いていた猪七が、

「山村の姿を見掛けたら、知らせてくれ。やつを始末しねえと、何をするか分からねえからな」

と、口を挟んだ。

うだ。

「承知しやした。すぐ、知らせやす」

弐助が言うと、勝太郎もうなずいた。すでに、二人は権兵衛の子分と思ってないよ

彦十郎は、弐助と勝太郎が握りめしを食べ終えるのを待ち、

「ところで、二人はここを出た後、どうするのだ。何か、仕事の当てはあるのか」

と、二人に目をやって訊いた。

「あっしは、諏訪町に帰りやす」

弐助によると、親が諏訪町で八百屋をやっているそうだ。弐助は八百屋の手伝いを

やり、長男なので、親が許してくれれば、いずれ跡を継ぎたいという。

「勝太郎はどうする」

彦十郎は、勝太郎に目をやった。

「あっしは、船頭でもやりやす」

「当てはあるのか」

「へい、あっしの兄貴が、材木町で船宿の船頭をやってるんでさァ。兄貴に頼めば、

何とかなりやす」

初めから、ひとりで舟を扱うのは無理だが、兄の手伝いでもしながら船頭の仕事に

慣れるつもりだ、と勝太郎が話した。

「そうか」

弐助と勝太郎はここを出ても、何とかやっていけそうだ、と彦十郎は思った。

彦十郎は、弐助たちが握りめしを食べ終えるのを待ち、

「気がむいたら、鶴亀横丁にも顔を出してくれ」

と声をかけ、二人を自由にしてやった。

彦十郎と猪七は、鶴亀横丁の路地に出て弐助たち二人を見送った後、小間物屋に足をむけた。おはまとお勝が小間物屋に帰った後、どんな暮らしをしているか、気になっていたのだ。

小間物屋は、ひらいていた。どうやら、二人で商いをつづけているようだ。彦十郎たちは小間物屋の前まで行き、店のなかを覗いてみた。小間物を並べた台の奥の座敷に、お勝の姿があった。

彦十郎と猪七が入って行くと、お勝が、「いらっしゃい」と声をかけて、立ち上がった。彦十郎たちを客と思ったらしい。

「おれだ」

彦十郎が、照れたような顔をして言った。

「風間さまと猪七さん、どうぞ、お上がりになってください」

お勝は、彦十郎たちを店の奥の座敷に上げようとした。

「い、いや、前を通りかかったのでな、様子を見に寄ってみたのだ。……おはまも、大事ないか」

彦十郎が訊いた。

「はい、おはまは奥の座敷にいます。すぐ、呼んできますから」

そう言って、お勝が奥へ行こうとすると、

「待て、呼ばなくていい。おれたちは、すぐ帰る」

彦十郎は、お勝が奥へ行こうとするのを止めた。

「お勝さん、何かあったら、増富屋に来て話すといいぜ。風間の旦那が、力になってくれるはずだ」

猪七がお勝に言った。

彦十郎と猪七は小間物屋を出ると、増富屋に足をむけた。増富屋に帰って一休みするつもりだった。

鶴亀横丁を歩きながら、

「風間の旦那、これで始末がつきやしたね」

猪七が言った。

「いや、まだだ。山村泉十郎が残っている」

山村を討つまでは、始末がつかない、と彦十郎は思っていた。

2

彦十郎は、階段を上がってくる足音で目を覚ました。そこは、増富屋の二階の彦十郎の部屋である。

彦十郎は障子に目をやった。強い陽射しを映じて、白くかがやいている。五ツ半（午前九時）ごろではあるまいか。彦十郎は階下で朝餉を食べた後、やることがないので自分の部屋に戻り、横になっているうちに眠ってしまったのだ。

彦十郎は慌てて立ち上がり、捲れ上がった袴の裾を下ろし、小袖の開いた襟をもどした。

足音は障子の向こうでとまり、

「風間さま、あけてもいい」

と、お春の声がした。

「いいぞ」

彦十郎は、急いで座敷の隅に座った。

すぐに障子があき、お春が顔を出した。お春は、彦十郎を見た後、探るような目で部屋のなかを見回し、

「座敷に座って、何をしてたの」

と、彦十郎を見つめて訊いた。

「い、いや、色々考えることがあってな」

彦十郎はそう言った後、

「お春、おれに、何か用があって来たのではないのか」

と、声をあらためて訊いた。

「下に、勝太郎さんが来てるの。納屋にいた人」

お春が言った。

「勝太郎が来ているだと」

彦十郎はすぐに立ち上がった。勝太郎は、彦十郎に何か知らせることがあってきたにちがいない。

彦十郎は座敷を出ると、お春より先に階段を下りた。帳場の前に、平兵衛と勝太郎

が立って何やら話していた。

彦十郎が二人に近付くと、

「風間の旦那に、知らせることがありやして」

すぐに、勝太郎が言った。

そのとき、平兵衛は彦十郎の後ろにお春がいるのを目にし、

「帳場で話しますか」

と言って、彦十郎と勝太郎を帳場に上げた。二人の話を、お春の耳に入れたくなかったのだろう。

彦十郎は帳場に腰を下ろし、勝太郎が座るのを待って、

「何かあったのか」

と、訊いた。平兵衛は帳場に入ってこなかった。勝太郎から、彦十郎に話があって来たことを聞いているようだ。

「旦那、知れやしたぜ、山村の居所が」

すぐに、勝太郎が言った。山村と呼び捨てにした。いまは、味方でなく敵とみているからだろう。

「知れたか！」

思わず、彦十郎は声を上げた。まだ、勝太郎が増富屋の納屋から出て、十日ほどしか経っていなかった。

「へい」

「どこにいる」

「材木町の清乃屋でさァ」

「清乃屋か」

そう言えば、勝太郎は、兄が材木町で船宿の船頭をやっているので、兄の世話になるような話をしていた。

「清乃屋の近くを歩いているときに、山村が清乃屋に入るのを見掛けたんでさァ」

勝太郎が言った。

「清乃屋は、店をひらいているのか」

「ひらいていやす。女将（おかみ）のお仙（せん）が、店に入るのも見やした」

「女将はお仙という名か」

彦十郎は、まだ女将の名を知らなかったのだ。

「そうでさァ」

「清乃屋には、山村の他にも権兵衛の子分が出入りしているのか」

彦十郎は、まだ権兵衛の子分が残っているとみていた。

「見掛けたことはありやすが、何人いるか分からねえ」

すぐに、勝太郎が言った。

「そうか」

ひとりではなく、数人いる、とみた方がいい、と彦十郎も思った。

「どうしやす」

勝太郎が訊いた。

「すぐに、手を打つ」

彦十郎は勝太郎を連れて増富屋を出ると、まず猪七の住む飲み屋に立ち寄った。猪七は鶴亀横丁で、女房と二人で飲み屋をやっていたのだ。

彦十郎は猪七と顔を合わせると、山村の居所が知れたことを話し、神崎と佐島に声をかけ、増富屋に来るよう頼んだ。

彦十郎と勝太郎が増富屋に戻っていっときすると、猪七が姿を見せ、つづいて神崎と佐島が店に入ってきた。

「奥の座敷を使ってください」

平兵衛が、彦十郎に言った。戸口に立ったままできるような話ではない、と思ったらしい。

彦十郎は、神崎たちを帳場の奥の座敷に連れていった。平兵衛は遠慮するつもりだったらしいが、「いっしょに、いてくれ」と、彦十郎が頼み、平兵衛も話にくわわることになった。

「山村の居所が知れた」

と、彦十郎が切り出し、勝太郎から訊いたことをひととおり話した。

「すぐに、山村を討とう」

神崎が身を乗り出して言った。

「おれも、そのつもりだが、清乃屋には権兵衛の子分だった男が、何人かいるとみた方がいい。喜乃屋の別棟ほどではないだろうが、子分たちともやり合うことになりそうだ」

「残った子分たちを始末するいい機会ではないか」

神崎が言うと、佐島もうなずいた。

「また、三人で行くか」

彦十郎が神崎と佐島に目をやって言うと、

「あっしを、忘れねえでくだせえ」

と、猪七が身を乗り出して言った。

「むろん、猪七にも頼む」

「それで、いつ行く」

神崎が訊いた。

「早い方がいいな。明日は、どうだ」

彦十郎が言うと、その場にいた男たちがうなずいた。

3

翌朝、増富屋の前に、彦十郎、神崎、佐島、それに平兵衛が顔をそろえたが、猪七の姿はなかった。猪七は、勝太郎と二人で清乃屋の様子を見ておく、と言って、先に鶴亀横丁を出たのだ。

「おれたちも、出かけるか」

彦十郎が、神崎と佐島に目をやって言った。

「御武運を祈ってます」

そう言って、平兵衛は彦十郎たちを見送った。

彦十郎たちは鶴亀横丁を出ると、近道になる裏路地や新道をたどって材木町の大川端沿いの道に出た。

いっとき川沿いの道を歩くと、前方に清乃屋が見えてきた。

「猪七がいる」

神崎が前方を指差して言った。

見ると、川沿いに植えられた桜の樹陰に猪七の姿があった。猪七も彦十郎たちの姿を目にしたらしく、すぐに近付いてきた。

「どうだ、様子は」

彦十郎が猪七に訊いた。

「まだ、清乃屋は閉まってやしてね。いま、勝太郎が様子を見にいってやす」

猪七によると、勝太郎は船頭ふうの恰好をして、清乃屋と隠居所を探りにいっているという。

「勝太郎が、戻るのを待つか」

彦十郎も、猪七が身を隠していた桜の樹陰に立った。ただ、四人も身を隠す場所はなかったので、神崎と佐島は別の樹陰にまわった。

彦十郎たちがその場に来て、小半刻（三十分）も経ったろうか。清乃屋の方から、勝太郎が足早に戻ってきた。勝太郎は船頭ふうの恰好で、手拭を頬かむりしていた。近くで見ないと、勝太郎かどうか分からない。山村や子分たちに気付かれぬように、身なりを変えたようだ。

「どうだ、山村はいるか」

すぐに、彦十郎が勝太郎に訊いた。

「いやす、朝のうちに、山村とお仙が、清乃屋に入(へえ)るのを見やした」

勝太郎が昂(たかぶ)った声で言った。

「いまも、山村は清乃屋にいるのだな」

彦十郎が念を押すように訊いた。

「いるはずでさァ。二人とも、店から出てこねえ」

「子分もいるのか」

「はっきりしねえが、三、四人いるはずでさァ」

「子分たちも、清乃屋にいるのか」

「清乃屋にいやす。若い衆として、出入りしているようで」

勝太郎によると、隠居所は閉まったままで、だれもいないという。

「清乃屋の裏手は、どうなっている」

彦十郎が訊いた。

「背戸がありやすが、店の脇を通って表に出てくるしかねえんで」

勝太郎は、舟で大川に出たとき、清乃屋の裏手も見ておいたと話した。

「店の裏手に、まわらなくていいのだな」

清乃屋の裏手は大川が流れていたので、山村や子分たちは、表の通りに出るしかないようだ。

「仕掛けるか」

彦十郎が、神崎と佐島に目をやって言った。

「承知した」

神崎が言うと、佐島は無言でうなずいた。二人に、覇気があった。やる気になっているらしい。

「行くぞ」

彦十郎は、猪七だけを連れて清乃屋に足をむけた。

神崎、佐島、勝太郎の三人は、その場に残った。彦十郎たちが、山村を連れ出してから、駆け付けるのである。

清乃屋の入口の格子戸はしまっていた。彦十郎が格子戸に身を寄せると、店のなかから男の話し声が聞こえた。ひとりは、武家言葉である。

……山村だ！

彦十郎は、武家言葉の主が山村と分かった。話している相手の男は、遊び人ふうの物言いだった。おそらく、権兵衛の子分だった男であろう。

女の声も聞こえた。山村たちといっしょに、女将のお仙もいるらしい。

彦十郎の脇にいた猪七が、「あっしが、呼び出しやす」と、声を殺して言い、

「ごめんよ、だれかいねえかい」

と、奥にむかって声をかけた。

すると、奥から聞こえていた会話がやみ、「客かしら、あたしがみてくる」とお仙と思われる女の声がし、戸口に出てくる足音が聞こえた。

足音は戸口に近付き、年増が姿をあらわした。色白のほっそりした女である。お仙であろう。

「お仙さんかい」

猪七が声をかけた。

彦十郎は店のなかから見えない戸口の脇に立って、猪七とお仙のやりとりを聞いて

いた。

「そうだけど……。今日は、店をやってないんですよ」

お仙が不審そうな顔をして言った。猪七を、客とは思わなかったようだ。

「山村の旦那に用がありやしてね。外に出るように伝えてくだせえ」

猪七が言うと、お仙の顔が強張った。

「あんた、だれなの」

お仙が、昂った声で訊いた。

「だれでもいい。表で、山村の旦那を待ってやす」

猪七はそう言って、身を引いた。

すぐに、お仙は踵を返し、奥にむかった。足音がやむと、お仙の声につづいて、山村や子分たちの声がし、戸口に出てくる何人もの足音がひびいた。

4

戸口から姿を見せたのは、山村と遊び人ふうの男が三人だった。お仙は、出てこなかった。

「二本差しもいやす！」

浅黒い顔をした男が、店の前に立っている彦十郎を目にして声を上げた。

「風間か！」

山村が彦十郎を見据えて言った。

「山村、今日は逃げられんぞ」

彦十郎は、ゆっくりとした足取りで山村に近付いた。

すると、山村は戸惑うような顔をして周囲に目をやった。逃げようとしたのか、それとも近くに彦十郎の仲間がいるとみたのか。

「山村の旦那！　他にも二本差しがいやす」

遊び人ふうの男が叫んだ。

そのとき、樹陰に身を隠していた神崎と佐島が、通りに姿をあらわし、足早に近付いてきたのだ。

「逃げろ！」

遊び人ふうの男のひとりが叫び、その場から逃げようとすると、他の二人も駆け出した。

だが、三人の足はすぐにとまった。神崎と佐島、それに猪七と勝太郎の四人が、逃げようとした三人の前後にまわり込んだのだ。

「ちくしょう！　鶴亀横丁のやつらだな！」

浅黒い顔の男が叫び、懐から匕首を取り出した。すると、他の二人も匕首を手にして身構えた。

その三人の左右から、神崎たち四人が近付いた。神崎と佐島は抜き身を手にしている。猪七と勝太郎は素手で、神崎たちからすこし身を引いていた。この場の闘いは、二人にまかせるつもりなのだ。


このとき、彦十郎は山村と対峙していた。

二人の間合は、およそ三間――。彦十郎は青眼に構えた。剣尖を山村の目線につけている。

対する山村も、青眼に構えた。そして、ゆっくりと刀身を下げ、切っ先を彦十郎の臍の辺りにつけた。この構えから、山村は下段突きを放つのだ。すでに、彦十郎は山村の遣う下段突きと何度か勝負していたので、構えも太刀筋も分かっていた。

彦十郎は山村の下段突きに対応するために剣尖をすこし下げて、山村の胸の辺りにつけた。

彦十郎が低い青眼に構え、山村は下段突きの構えをとった。二人は全身に気勢を込め、斬撃の気配を見せて、気魄で攻め合った。

二人はいっとき動かなかったが、先をとったのは山村だった。山村はいまにも斬り込んでいくような気配を見せ、

「いくぞ！」

と、声をかけて、趾を這うように動かし、すこしずつ間合を狭めてきた。

対する彦十郎は、動かなかった。気を静めて山村との間合と、山村の気の動きを読んでいる。

山村は一足一刀の斬撃の間境まで、あと一歩の間合まで迫ったとき、ふいに寄り身をとめた。このまま踏み込むのは、危険だと察知したようだ。

山村は全身に気勢を込め、斬撃の気配を見せて、気魄で彦十郎を攻めた。気攻めである。

だが、彦十郎は動じなかった。気を静めて、山村の気配を窺っている。

山村は全身に気勢が満ち、斬撃の気配が高まってきた。

……くる！

彦十郎が、頭のどこかで察知した瞬間だった。

イヤアッ!

突如、山村が裂帛の気合を発し、刀身を突き出した。

彦十郎の目に山村の切っ先が、槍の穂先のように見えた。まさに、槍のような神速の突きである。

刹那、彦十郎は身を引きざま、刀を袈裟に払った。次の瞬間、青火が散り、甲高い金属音がひびいた。

彦十郎が、山村の切っ先を叩き落としたのだ。すでに、彦十郎は山村の下段突きと何度か対戦していたので、その太刀筋が分かっていたのである。

二人は、一合した後、後ろに跳び、大きく間合をとった。

「下段突きは、通じぬ」

彦十郎が青眼に構えたまま言った。

「そうかな」

山村の口許に薄笑いが浮いた。

山村は切っ先を彦十郎の臍の辺りにむけた後、すこし上げて彦十郎の胸の辺りにつけた。青眼を、すこし低くしたような構えである。

……この構えから、突きを放つのか!

彦十郎は胸の内で声を上げた。

臍の辺りより高いだけ、突き出された刀身を上から払い落とすのが難しくなる。下段突きというより、低い青眼からの突きといっていい。

おそらく、山村は彦十郎と何度か対戦し、刀身をすこし上げて、胸の辺りを突くことを思いついたのだろう。

「おれの突きを受けてみろ！」

言いざま、山村はすこしずつ間合を狭めてきた。

咄嗟に、彦十郎は青眼から刀を上げて八相にとった。八相の構えから刀を袈裟に払って、山村の突きを叩き落とそうとしたのである。

彦十郎は通常の八相の構えより、柄を摑んだ両手をすこし下げた。胸の辺りを狙った山村の神速の突きを弾くためである。

山村が先をとった。足裏を摺るようにして、ジリジリと彦十郎との間合を狭めてくる。彦十郎は、山村の切っ先に、そのまま胸を突かれるような威圧を感じたが、身を引かず、二人の間合と山村の気の動きを読んでいた。

ふいに、山村の動きがとまった。彦十郎が動じなかったため、このまま突きを放つのは危険だと察知したのかも知れない。

山村は全身に気勢を漲らせ、突き込んでいく気配を見せ、タアッ！と鋭い気合を発し、わずかに切っ先を突き出した。

突き込むとみせて、彦十郎の構えをくずそうとしのだ。だが、彦十郎は、切っ先をピクリとも動かさなかった。そればかりか、彦十郎は山村が切っ先を突き出した一瞬の隙をとらえた。

タアッ！

彦十郎は鋭い気合を発し、一歩踏み込んだ。この動きに、山村が反応した。更に、手にした刀を突き出したのだ。

彦十郎は体を右手に寄せて山村の切っ先を躱し、刀身を袈裟に払った。神速の太刀捌きである。

彦十郎の切っ先が、踏み込んで前に出た山村の首をとらえた。

次の瞬間、山村の首から血飛沫が飛び散った。彦十郎の切っ先が、山村の首の血管（ちくだ）を斬ったのだ。

山村は血を撒きながらよろめき、足がとまると腰から崩れるように倒れた。地面に俯せになった山村は、四肢を動かしていたが、頭をもたげようともしなかった。いっときすると、山村は動かなくなった。絶命したようである。

彦十郎は、神崎たちに目をやった。すでに、神崎たちと三人の男の闘いは終わっていた。路傍に二人の男が血塗れになって倒れ、残るひとりが佐島に匕首の切っ先をむけている。

男の手にした匕首が、ワナワナと震えていた。恐怖で、顔がひき攣ったように歪んでいる。

男は山村が彦十郎に斬られたのを目にしたのか、匕首を手にしたまま後じさり、反転して逃げようとした。

「逃がさぬ！」

佐島が一声上げ、踏み込みざま斬り込んだ。

袈裟へ――。

切っ先が、逃げようとして背をむけた男をとらえた。ザクリ、と肩から背にかけて斬り裂かれ、男は血を撒き散らしながらよろめいた。

男は悲鳴も呻き声も上げなかった。足がとまると、腰から崩れるように転倒し、地面に俯せに倒れた。男は四肢を這うように動かしていたが、いっときすると動かなくなった。絶命したようである。

「始末がついたな」

彦十郎が佐島に声をかけた。

「何とかな」

佐島が、荒い息を吐きながら言った。歳のせいもあって、激しく動くと息があがるらしい。

「お仙は、どうしやす」

猪七が彦十郎に訊いた。

「放っておこう。女は斬りたくないからな」

彦十郎は、お仙を生かしておいても鶴亀横丁に手を出すようなことはないとみた。

彦十郎はその場にいた男たちに、

「山村たちを清乃屋の戸口まで、運んでおこう」

と、声をかけた。討ち取った山村と三人の男の死体を、お仙に片付けさせようと思ったのだ。

彦十郎たち五人は、山村たち四人の遺体を清乃屋の戸口まで運んでから鶴亀横丁に足をむけた。

背後で、戸をあける音と絹を裂くような女の悲鳴が聞こえた。お仙が、山村たちの死体を目にしたのだろう。

5

「猪七さんも、一杯どうです」

平兵衛が手にした銚子を猪七にむけながら言った。

「すまねえなァ」

猪七は猪口を手にして、平兵衛に酒をついでもらった。

「風間さまも、一杯」

平兵衛は銚子を彦十郎にむけた。

彦十郎、平兵衛、猪七の三人がいるのは、増富屋の帳場の奥の座敷だった。彦十郎の夕餉の後、平兵衛がおしげに頼んで、酒を座敷まで運んでもらったのだ。

彦十郎たちが材木町に出かけて山村と三人の子分を討ち取って、三日経っていた。

彦十郎から話を聞いた平兵衛は、これで事件も片がついたとみたらしく、

「風間さまたちの御蔭で、鶴亀横丁も何事もなく済みそうです。今日は、一杯やって労をねぎらってください」

そう言って、おしげとお春に酒の仕度をさせたのだ。

平兵衛と彦十郎とで酒を飲み始めたとき、猪七が増富屋に顔を出し、

「一杯やってやすね」

と言って、座敷に上がり込んだ。

そうした経緯があって、彦十郎、平兵衛、猪七の三人で、酒を飲んでいたのである。

猪七が猪口の酒を飲み干すのを待って、

「猪七、どこかへ出かけた帰りか」

と、彦十郎が訊いた。

「ちょいと、材木町まで行ってきやした」

猪七が、手酌で自分の猪口に酒を注ぎながら、「帰(けえ)ってくるとき、神崎の旦那と会いやしたぜ」と言った。

「どこで、会った」

「並木町の喜乃屋の近くでさァ」

「神崎ひとりか」

「ひとりでさァ。神崎の旦那は、喜乃屋がどうなったか、見にいくと言ってやした」

「そうか」

彦十郎も、その後、喜乃屋がどうなったのか、気になっていた。別棟にいた権兵衛や子分たちは討ち取ったが、喜乃屋にはまったく手を出さなかったのだ。

そのとき、彦十郎と猪七のやりとりを聞いていた平兵衛が、

「猪七さんは、材木町に何しに行ったのです」

と、訊いた。

「あっしは、清乃屋の様子を見て来たんでさァ」

そう言って、猪七は猪口の酒をグイと飲み干した。猪七は店を手伝うことは少なかったが、女房と二人で飲み屋をやっているだけあって、酒は強いようだ。

「清乃屋は店をひらいていたか」

彦十郎が訊いた。

「閉まったままで」

猪七が近所で聞いた話によると、彦十郎たちが山村と子分三人を討ち取った後、清乃屋は店を閉じたままだという。また、その後、お仙の姿を見掛けた者はなく、どこに行ったか分からないそうだ。

「お仙は、浅草のどこかにいるはずですがね。お仙のような女は、どこにいても男を銜(くわ)え込んでうまくやっていきまさァ」

猪七が、口許に薄笑いを浮かべて言った。

彦十郎、平兵衛、猪七の三人で、酒を飲みながらそんな話をしているところに神崎が姿を見せた。

「神崎か。座ってくれ。いま、神崎の話をしてたところだ」

そう言って、彦十郎が神崎を座敷に座らせた。

「いま、酒と猪口を持ってきますよ」

すぐに、平兵衛が腰を上げた。

いっとき待つと、平兵衛が酒の入った銚子と猪口を手にして戻ってきた。そして、神崎に酒を注いでやった。

彦十郎は、神崎が猪口の酒を飲み干すの待って、

「並木町に出かけたそうだな」

と、水をむけた。

「喜乃屋が、どうなったかと思ってな。様子を見にいってきたのだ」

神崎が猪口を手にしたまま言った。

「喜乃屋は、店をひらいていたのか」

彦十郎は、権兵衛が身を隠していた別棟を襲ってから、並木町に行ってなかったの

で、喜乃屋がどうなったか、知らなかった。

「店はひらいていた」

神崎が言った。

「何か、変わったことはあったか」

「見たところ、変わりはなかったが、近所の者や店から出てきた客などに話を聞いてみたのだ」

「それで、何か知れたのか」

「店は、おくらという女将が切り盛りしているが、おくらは大年増でな、何年か前まで権兵衛の情婦だったようだ。……権兵衛は、若いお仙に鞍替えしたらしい。それで、喜乃屋をおくらにまかせたようだ」

そう言って、神崎は新たに平兵衛がついでくれた酒を飲み干した。

「喜乃屋は、おくらという女がつづけていくわけか」

平兵衛が言った。

「女は強いからな」

彦十郎がそう言ったとき、ちょうど、銚子を手にしておしげが座敷に入ってきた。

「女は強いって、どういうことです」

おしげが、彦十郎に訊いた。

「い、いや、女はしっかりしていると言ったのだ。……この店も、おしげさんがいるので、こうして、うまくやっている」

彦十郎が、上目遣いにおしげを見て言った。すると、神崎と猪七の目も、おしげにむけられた。

「わ、わたしは、駄目よ」

おしげは頰を赤らめ、平兵衛の膝先に銚子を置いた。そして、上目遣いにチラッと平兵衛を見た。娘のような仕草である。

平兵衛は照れたような顔をして、一気に猪口の酒を飲み干した。

了

本書は文庫書下ろし作品です。

|著者|鳥羽 亮 1946年生まれ。埼玉大学教育学部卒業。'90年『剣の道殺人事件』で第36回江戸川乱歩賞を受賞。著書に「はぐれ長屋の用心棒」シリーズ、「剣客旗本奮闘記」シリーズ、「はみだし御庭番無頼旅」シリーズ、「剣客同心親子舟」シリーズのほか、『警視庁捜査一課南平班』、『疾風剣谺返し』『修羅剣雷斬り』『狼虎血闘』の「深川狼虎伝」シリーズ、『御隠居剣法』『ねむり鬼剣』『霞隠れの女』『のっとり奥坊主』『かげろう妖剣』『霞と飛燕』『闇姫変化』の「駆込み宿 影始末」シリーズ、『鶴亀横丁の風来坊』(以上、講談社文庫)など多数ある。

金貸し権兵衛(かねかしごんべえ) 鶴亀横丁の風来坊(つるかめよこちょうのふうらいぼう)

鳥羽 亮(とば りょう)

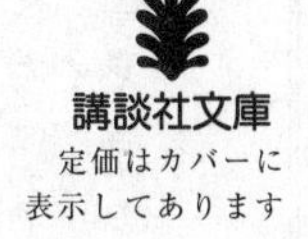

定価はカバーに
表示してあります

2019年2月15日第1刷発行

発行者──渡瀬昌彦
発行所──株式会社 講談社
東京都文京区音羽2-12-21 〒112-8001
電話 出版 (03) 5395-3510
販売 (03) 5395-5817
業務 (03) 5395-3615

デザイン─菊地信義
本文データ制作─講談社デジタル製作
印刷───豊国印刷株式会社
製本───株式会社国宝社

Printed in Japan

ISBN978-4-06-514698-9

講談社文庫刊行の辞

二十一世紀の到来を目睫に望みながら、われわれはいま、人類史上かつて例を見ない巨大な転換期をむかえようとしている。

世界も、日本も、激動の予兆に対する期待とおののきを内に蔵して、未知の時代に歩み入ろうとしている。このときにあたり、創業の人野間清治の「ナショナル・エデュケイター」への志を現代に甦らせようと意図して、われわれはここに古今の文芸作品はいうまでもなく、ひろく人文・社会・自然の諸科学から東西の名著を網羅する、新しい綜合文庫の発刊を決意した。

激動の転換期はまた断絶の時代である。われわれは戦後二十五年間の出版文化のありかたへの深い反省をこめて、この断絶の時代にあえて人間的な持続を求めようとする。いたずらに浮薄な商業主義のあだ花を追い求めることなく、長期にわたって良書に生命をあたえようとつとめるところにしか、今後の出版文化の真の繁栄はあり得ないと信じるからである。

同時にわれわれはこの綜合文庫の刊行を通じて、人文・社会・自然の諸科学が、結局人間の学にほかならないことを立証しようと願っている。かつて知識とは、「汝自身を知る」ことにつきていた。現代社会の瑣末な情報の氾濫のなかから、力強い知識の源泉を掘り起し、技術文明のただなかに、生きた人間の姿を復活させること。それこそわれわれの切なる希求である。

われわれは権威に盲従せず、俗流に媚びることなく、渾然一体となって日本の「草の根」をかたちづくる若く新しい世代の人々に、心をこめてこの新しい綜合文庫をおくり届けたい。それは知識の泉であるとともに感受性のふるさとであり、もっとも有機的に組織され、社会に開かれた万人のための大学をめざしている。大方の支援と協力を衷心より切望してやまない。

一九七一年七月

野間省一